KB063357

로크미디어가
유혹하는
재미있는 세상

ROK
MEDIA
로크미디어

이것이 법이다

이것이 법이다 85

2020년 4월 14일 초판 1쇄 인쇄
2020년 4월 20일 초판 1쇄 발행

지은이 자카예프
발행인 이종주

총괄 김정수
경영 지원 배진경 임혜솔 송지유

기획 이기헌 왕소현 박경무
책임 편집 최전경

발행처 (주)로크미디어
출판등록 2003년 3월 24일
주소 서울시 마포구 성암로 330 DMC첨단산업센터 3층 318호, 319호
Tel (02)3273-5135 **편집** 070-7863-8592 **Fax** (02)3273-5134
홈페이지 rokmedia.com **E-mail** rokmedia@empas.com

ⓒ 자카예프, 2015

값 8,000원

ISBN 979-11-354-5669-5 (85권)
ISBN 979-11-255-9575-5 04810 (세트)

이것이 법이다

85

자카예프 장편소설

ROK
MEDIA
로크미디어

CONTENTS

과거가 현재를 만든다

"주식환요?"

"네, 아시는 게 좀 있나 해서요."

그는 문제아여서 네 군데의 보육원들을 거치며 자랐는데, 다행히도 그중 한 곳이 지금까지 운영되고 있었다.

주식환이 성인이 될 때까지 지냈던, 가장 오래 머무른 곳이었다.

"제가 초임 교사일 때 왔지요."

다행히도 주식환에 대해 현재의 원장이 알고 있었다.

그녀가 초임으로 이곳에 왔을 즈음에 들어온 아이라고 했다.

국가 시설이 아닌지라 다행히 그녀는 승진을 계속해서 지금은 원장이 되었다고 했다.

"혹시 기억에 남는 거 있나요?"

"타고난 문제아였어요. 제정신이 아니었죠. 그때도 증언했지만."

"그때도? 아, 사건 때 말이군요."

"네, 맨 처음 이상하다고 느낀 건 보육원에서 기르던 동물들이 죽어 나갔을 때였어요."

보육원을 후원하는 곳이 규모도 작지 않고 횡령 같은 문제도 없어 나름 지원이 빵빵했기에, 아이들의 정서를 위해 남는 땅에 작게 공간을 만들고 여러 동물을 키웠다고 했다.

"토끼나 고양이, 개 같은 것부터, 염소도 두 마리 있었고요."

아이들은 그런 동물들과 교감하면서 자신의 상처를 보듬고 정서를 안정시켰다고 한다.

"시작은 토끼였지요."

토끼는 번식이 빠르다.

그래서 토끼 수가 상당했는데, 어느 순간 점점 줄어 갔다는 것이다.

"그때는 카메라고 뭐고 없었으니까."

처음에는 무슨 족제비 같은 게 물어 갔나 했지만, 이상하게도 하루에 한 마리씩 사라졌다.

그런데 시골에서 살아 본 선생님의 말에 따르면 족제비는 이런 패턴을 보이지 않는다고 했다.

더군다나 진짜 족제비 짓이라면 흔적이 남아 있어야 한다.

하다못해 물고 가기 위해 싸웠을 테니 피라도 남아야 했는데, 피 한 방울 없었다.

"그래서 이상하다고 생각했죠. 그러다가 고양이랑 개까지 사라졌어요."

동물들을 키우던 아이들은 충격을 받았고, 몇몇 선생님들이 범인이 어떤 놈인지 잡아서 면상을 봐야겠다며 잠복을 했다.

"그런데 그 범인이 주식환이었죠."

"그럼 설마……?"

"그때는 사이코패스가 뭔지도 모르던 시절이었으니까……."

새벽에 몰래 들어온 주식환은 우리에 있던 개 한 마리를 끌고 나가려다가 선생님들에게 잡혔다.

"처음에 우리는 개를 몰래 가지고 가서 팔려는 건 줄 알았어요."

여기저기 전전하다 온 주식환이었기 때문에 나이가 좀 있어서, 그렇게 판 돈으로 나가서 생활할 준비를 하려는 건 줄 알았다.

"하지만 아니더군요."

선생님들이 윽박을 지르자 그는 짐승들을 죽였다는 사실을 실토했다.

그리고 그 자리는 지금은 사라진 뒷산이었다고 했다.

"지금은 아파트가 들어선 자리예요."

"그렇군요."

노형진은 그 말을 들으면서 한숨이 나왔다.

'전형적인 사이코패스의 형태군.'

처음에는 작은 짐승으로 시작해서 점점 큰 짐승으로 넘어가면서 죽이다가, 종국에는 사람을 죽이게 된다.

그때는 그런 게 뭔지도 모르던 시절이니만큼 그냥 미친놈이라고 생각했을 것이다.

"현장에 갔다 온 선생님들 말로는 제대로 미친 놈이라고……."

"미친놈이기는 하죠."

다만 그 병명이 알려지지 않았을 뿐.

"하여간 그때는 곧 나갈 아이라서 신고까지는 하지 않았어요. 그런데 나중에 경찰이 와서 그 녀석이 살인을 저질렀다고 해서 얼마나 놀랐던지."

"흠."

전형적인 사이코패스. 거기에다가 은밀한 행동.

'한번 걸렸던 전적이 있군.'

그 이후로 그는 걸리지 않기 위해 극도로 조심했을 것이다.

그래서 경찰의 눈을 벗어나서 살인을 할 수 있었을 테고.

'최악이었군.'

성장하는 살인마. 그것도 상당히 머리가 좋은 타입.

다른 사건으로 잡은 게 아니었다면, 어쩌면 영원히 잡지 못했을지도 모른다.

"그런데 그 녀석은 죽었다고 들었는데요?"

"사실은 그 녀석에게 당한 피해자가 더 있을 거라 생각하고 있습니다. 그분들 시신이라도 찾을 수 있을까 해서요. 그 녀석이 시신을 어딘가에 숨겨 두지 않았을까 하고 찾아왔죠."

"그랬다면 뒷산일 텐데……."

잠깐 고민하던 원장은 고개를 흔들었다.

"그곳에서 시신이 나왔다면 아마 난리가 났을 거예요. 하지만 그곳에서 시신이 나왔다는 소리는 들어 본 적이 없어요."

"혹시 재건축을 하던 곳에서 은폐했을 가능성은 없나요?"

"그건 모르겠네요. 하지만 그 당시에 우리 집 출신 애들이 거기에서 아르바이트를 많이 했으니까……."

"아하."

그곳에서 일한 애들이 많은 만큼, 무슨 일이 터졌다면 금방 소식을 전해 들었을 것이다.

"그리고 거기에 아파트가 들어선다는 계획은 전부터 있었던 거고요."

"그래요?"

"네."

그러면 주식환이 그곳에 시신을 묻었을 가능성은 크지 않다.

노형진이 보기에는 그는 지능형 범죄자다.

쉽게 찾을 수 있는 곳이나 재개발 가능성이 높은 곳에는 절대 시신을 두지 않았을 것이다.

'도리어 발견된다고 하더라도 자신과 관련이 없는 곳에 두

려고 했겠지.'

그래야 나중에 추적을 피할 수 있을 테니까.

"그러면 혹시 피해자들을 묻어 둘 수 있을 만한 곳을 아시 나요?"

"글쎄요. 사회복지사인 제가 이런 말 하면 미안하지만, 엮 이는 것 자체가 꺼림칙한 아이였어서요."

여기에 살기는 했지만 접근하고 싶지 않았다는 소리다.

그런 인간을 좋아할 사람은 없으니 어쩌면 당연한 일이다.

"친한 아이도 없었나요?"

"있을 리 없죠."

안 그래도 협소한 인간관계는 그 사건으로 인해 완전히 파 탄이 났고, 보육원에서 나가는 그 순간까지 친구 하나 두지 못했다고 한다.

"그렇단 말이지요."

결국 그를 추적하는 것은 불가능하다는 소리다.

'젠장, 살아라도 있었으면 좋았을 텐데.'

하지만 이미 죽은 사람을 탓해 봐야 의미도 없다.

'오광훈 이 새끼는 도대체 어디에 가 있는 거야?'

분명히 오광훈은 아는 곳에 잠깐 들렀다가 이곳에 온다고 했는데, 이야기가 다 끝날 때까지도 올 생각을 안 한다.

"알겠습니다. 의견 주셔서 감사합니다."

"솔직히 그 아이 생각은 다시 하고 싶지 않네요. 하지만 다른 피해자가 여럿 있다고 하니 그분들을 빨리 찾았으면 좋 겠어요."

"저도 그랬으면 좋겠네요."

노형진은 쓸쓸하게 웃으면서 보육원에서 나왔다.

그런데 그때 저 멀리 한 대의 차량이 다가왔다.

그리고 오광훈이 내리더니 손을 번쩍 들었다.

"여후, 내가 좀 늦었지?"

"아니."

"안 늦었냐?"

"조금이 아니라 왕창 늦었다."

"그래? 그래도 꼴을 보아하니 안 와도 되었을 것 같네."

"응?"

"표정이 똥 씹었어. 꼴을 보아하니 건진 게 없나 보구면."

노형진의 눈이 더 찡그러졌다.

자신은 실패해서 짜증이 나 죽겠는데 오광훈은 실실 웃는 게 이상했기 때문이다.

"넌 보아하니 뭐 좀 건졌나 보네."

"내가 좀 잘났지."

"개소리 말고."

노형진은 키득거리는 오광훈에게 한 소리 했다.

"보육원 쪽에서는 기억도 하기 싫어하더라. 이야기 들어 보니 시신을 묻어 두었을 만한 곳도 모르는 것 같고."

"그으래애."

싱글싱글 웃는 오광훈을 보면서 노형진은 한숨을 푹 쉬었다.

"뭘 알아 왔는지 모르지만 입 좀 털어 봐."

"오오, 타락하는 노 변호사."

"너 때문이잖아, 이 자식아. 장난치지 말고."

"후후후. 내가 지금 어디에 갔다 왔는지 아냐?"

"내가 알 게 뭐냐?"

무려 수십 년 전 사건이다.

아무리 검사라고 하지만 동네에 돌아다니면 '이 사람 압니까?'라고 물어보기에는 너무 긴 시간이 흘렀다.

더군다나 재개발이 이루어졌다는 것까지 생각해 보면 그를 아는 사람이 아직까지 있을 가능성은 더욱 떨어진다.

당장 이 보육원도 건물부터 새로 싹 올린 곳이다.

"이쪽 동네 스님들 좀 찾아뵙고 왔다."

"너 불교였냐?"

노형진은 미심쩍은 얼굴로 오광훈을 바라보았다.

하지만 불교라고 하기에는 말이 안 된다.

내세론을 이야기하는 불교의 관점에서 조폭 생활을 한다는 건, 다음 생은 무조건 버려지 확정이라는 뜻이니까.

"아니, 그건 아니고, 내가 과거에 모셨던 형님이 하신 말씀이 있거든."

"형님?"

"그래, 그 뭐냐? 범죄와의 전쟁? 그때 분이거든."

"범죄와의 전쟁?"

1990년 친위 쿠데타 계획이 발각되자 당시 대통령이 그걸 은폐하기 위해 벌인 전국 치안 작전.

말 그대로 범죄 조직을 박멸하고 그쪽으로 국민들의 시선을 돌림과 동시에 국민들의 성난 민심을 무마하겠다는 계획이었다.

"그게 여기서 왜 나와?"

"그 당시에 조폭들이 절로 많이 들어갔다고 하더라고."

"절? 왜?"

"죽기 싫으니까."

범죄와의 전쟁 시절, 범죄자의 인권이라는 것에 신경 쓰는 사람은 없었다.

더군다나 그 당시는 인신매매나 납치가 대낮에도 벌어지던 시기이다 보니 범죄에 대한 국민들의 분노도 심했다.

실제로 그 작전으로 친위 쿠데타 계획에 대한 국민들의 분노가 상당히 줄어들 정도로, 작전 자체는 성공적이었다.

그래서 많은 범죄자들이 자신의 안전을 지키려고 했다.

그런데 여기서 문제가 생기는 것이, 범죄자로 등록되면 갈 곳이 없다는 거다.

어딜 가든 경찰이 들이닥쳐서 잡아갈 수 있으니까.

'한 곳만 빼고 말이지.'

그건 바로 종교 시설이다.

정교분리인 대한민국에서 종교는 건드리지 못하는 또 다른 거대 집단이다.

그래서 과거에 노동운동을 하던 사람들은 다급하면 성당으로 피신하곤 했다.

경찰도 성당까지 강제 진입해서 끌어내지는 않았으니까.

'그러고 보니 과거에 교수님들에게서 들은 것 같아.'

범죄자들이 안전을 위해 종교 시설로 대피해 그곳에 적을 둔 것도, 제 버릇 개 못 준다고 종교적 타락이 가속화된 것도 모두 그때부터라고 교수님이 말한 것이 노형진은 기억났다.

'그리고 제일 만만한 게 불교였지.'

천주교는 신부가 되기 위한 과정이 험난하다 못해서 멀쩡한 사람도 나가떨어질 정도로 힘들다.

절대 조폭들이 들어갈 구조가 아니다.

더군다나 천주교는 개개인의 물건에 대한 소유를 극도로 제한하기 때문에, 화려한 삶을 살던 조폭들이 적응할 수가 없었다.

그래서 가장 깨끗했던 것이 바로 천주교.

그에 반해 기독교와 불교는 타격이 심했다.

기독교 같은 경우는 대학에서 정식으로 배우는 방법도 있지만 가짜 교파 하나 만들어서 목사증을 발급하는 게 가능할 정도로 계파가 많다 보니 그런 식으로 목사 안수받아서 벗어나는 놈들이 많았고, 불교 같은 경우는 스님 명부인 승적 자체에 올라가는 것은 어렵지만 일단 머리 깎고 절에 들어오면 스님으로 인정하는 전통 때문에 승적에 올라가 있지 않아도 스님 노릇 하기가 쉬웠기 때문이다.

"그런 새끼들이 어울리는 놈들은 뻔하거든. 내가 또 폭풍과도 같은 삶을 살지 않았냐."

"개소리 같기는 하지만 알 것 같다."

그는 조폭 출신이다.

당연하게도 주변에 멀쩡한 놈이 있었을 리 없다.

"끼리끼리 모인다 이거구나."

"그래."

"하지만 시기가 맞을까?"

범죄와의 전쟁이 벌어진 시기는 1990년대.

하지만 사건 발생은 1997년이다.

그러니까 시기가 좀 많이 차이 난다.

"그런 미친놈은 싹수가 보이기 마련이거든."

보육원에서는 그런 미친놈과 엮이는 걸 꺼렸겠지만, 그 당시에 범죄 조직을 추앙하던 학교의 일진들은 그런 미친놈을 대단하다고 치켜세웠다.

"그러고 보니 그랬지."

대한민국의 중고등학교는 정글이다.

힘을 철저하게 숭상하고 힘으로 상대방을 억압한다.

정부에서는 그걸 방관하고, 고칠 생각도 하지 않고 말이다.

"그런 놈들이 그 당시에 어디로 갔겠어?"

"그렇군."

조폭으로 흘러갔을 가능성이 높다.

"윗놈들은 모르지만 친구들은 있겠네."

"그래서 절에 가서 몇몇 분을 만나 봤지."

"그 인간들이 아직 절에 있겠냐?"

있을 리 없다.

나이도 나이거니와, 있다고 한들 그게 끝났는데 절에 여전히 숨어 있을 가능성은 낮다.

"그래서 파계승에 대해 물어봤지. 그때쯤 해서 때려치우고 나온 새끼들 좀 알려 달라고."

"알려 줘?"

"주지라는 사람은 내가 범죄와의 전쟁 이야기하니까 한숨을 쉬던데."

"끄응, 그럴 만하네."

지금 원장도 그때는 초임이었다.

지금 주지가 될 정도면 그 당시에 승적에 든 지 얼마 안 된 스님일 테니, 조폭들이 들어와서 깽판 치던 걸 모르지는 않을 것이다.

"한 놈이 있더라고."

"한 놈이 있어?"

"어. 시내에서 룸살롱 한대."

노형진의 얼굴이 찡그러졌다.

"왜, 불만이야?"

"아니, 자존심 상해서."

그는 전혀 생각도 못 했다. 파계승이라니.

"내가 좀 잘났지, 으하하하!"

"잘났다기보다는……."

노형진은 자신감 넘치는 오광훈을 바라보았다.

"개똥도 약에 쓸 때가 있다 싶다."

진짜 조폭들의 계보에 대해 잘 아는 오광훈이 아니었다면 아마 꿈도 꾸지 못했을 일이었다.

"일단 그 룸살롱 주인을 좀 찾아볼까?"

⚖️

"그런 시절이 있었지."

룸살롱에서 만난 노인은 길게 한숨을 내쉬었다.

"이제는 다 털어 내야 할 시절이지만."

"그러니까 그 인간에 대해 좀 이야기해 주시죠. 그런 새끼가 가는 과정은 뻔한데, 조폭이 된 친구 놈들과는 달리 그놈은 왜 조폭이 못 된 건지."

노인은 긴 소파에 기대어 노형진을 바라보았다.

"맨입으로?"

노형진은 눈을 찌푸렸다.

'그래, 제 버릇 개 못 준다고 하지.'

조폭 생활하다가 절로 숨었다가 잠잠해지니 파계하고 나와서 다시 룸살롱 하는 인간이 좋게 좋게 말해 줄 리 없다.

"원하는 게 뭡니까? 돈인가요?"

"가게 좀 인수해 줘."

"뭐요?"

"이 나이 처먹고 룸살롱 하는 건 좀 아니잖아."

"허, 이런 미친 새끼를 봤나? 담기고 싶냐?"

오광훈은 발끈했다.

그래도 어른이라고 대우해 줬더니 무리한 요구를 하기 때문이다.

"싫으면 말든가."

히죽 웃는 노인.

노형진은 그런 남자를 보면서 혀를 끌끌 찼다.

'안 봐도 뻔하군.'

이런 시골에서 룸살롱이 운영되려면 지역 경찰과 연관이 없을 수가 없다.

그리고 그렇게 오래 살다 보면 아무래도 공권력이 만만하게 느껴지게 된다.

더군다나 나이가 있으니 더더욱 세상 물정을 모를 수밖에 없고.

"그래요? 이거 아저씨 건물인가요?"

"아저씨?"

"아니면 노친네라고 불러 드릴까?"

"이놈이?"

발끈하려고 하던 노인은 그다음 말에 움찔했다.

"그래서, 계약 기간이 얼마나 남았어요? 1년? 3년? 보아하니 얼마 남지도 않은 것 같은데."

사실 가만히 있으면 돈이 나오는 가게가 룸살롱이다.

그런데 팔려고 한다?

그러면 남은 건 하나뿐이다.

임대 기간이 얼마 안 남았는데 재임대가 쉽지 않다는 것.

"권리금이 아쉬운 모양인데, 제가 권리금까지 줘 가면서 당신한테 살 이유는 없죠. 그래도 변호사인데 제가 룸살롱 할 수도 없으니."

노형진은 실실 웃으며 말했다.

"혹시 원상 복구의 의무라고 아시려나 몰라? 임대 기간이 끝나면 여기 원상 복구하고 나가야 할 텐데."

"으음……."

"이거 집기 다 털어 내는 공사만 해도 나가는 돈이 상당할 텐데요."

노형진이 한마디씩 던질 때마다 노인은 점점 불편한 표정이 되었다.

"물론 저 돈 많아요. 사실 그 권리금 몇 푼 안 되는 거, 줘도 그만인데…….

노형진은 잠깐 거기서 말을 멈췄다.

"그 돈으로 사람 사서 매일 여기서 술 퍼마시고 경찰에 꼰지르게 하면 더 아낄 수 있을 것 같은데요?"

"……."

"내가 이 사건을 해결하려고 하는 건 유가족이 안타까워서일 뿐이지, 이거 해결 안 한다고 누가 죽는 거 아닙니다. 내가 왜 내 돈 날려 가면서 가게를 삽니까?"

그 말을 들은 노인은 아차 싶었는지 시선을 스윽 돌렸다.

그 모습을 보면서 오광훈은 한술 더 떴다.

"뭘 그리 복잡하게 해?"

"그럼? 넌 뭐 방법 있냐?"

"이런 지역은 조폭도 못 된 양아치 새끼들이 관리한다고. 내가 공구리 좀 치라고 하면 기꺼이 해 줄걸. 조폭들 세계에 의리가 어디 있어? 그것도 바로 윗대도 아닌 화석급 노친네일 뿐인데. 안 그래요, 할아범?"

물론 공구리까지 칠 수는 없다.

하지만 이런 곳은 취기나 술값 때문에 싸우는 사람들이 분명히 존재한다.

그런 자들을 처리할 때 매번 경찰을 부를 수도 있지만, 그건 장기적으로 좋은 일은 아니다.

경찰이 들락날락하면 손님이 떨어지니까.

결국 직원들 중 그런 놈들이 끌어내야 하는데, 그들이 손을 떼면 영업은 끝장난다고 봐야 한다.

"나 검사야, 검사!"

"그래, 너 잘났다."

노형진은 코웃음을 쳤지만 노인은 웃을 수가 없었다.

자신의 욕심이 과했다는 걸 깨달았기 때문이다.

"미안…… 아니, 죄송합니다. 늙어서 노망이 난 건지…….

방금 전까지만 해도 넘쳐 나던 패기와 여유가 온데간데없어진 노인은 재빨리 말을 바꿨다.

"그, 아까 누구에 대해 물어보셨죠?"

'제대로 듣지도 않았구먼.'

노형진은 속으로 비웃었지만 그냥 넘어가기로 했다.

다 늙은 과거의 조폭을 괴롭혀 봐야 뭐가 생기겠는가?

"주식환이라는 인간에 대해 알아보려고 하는 겁니다. 시기로 봐서는 부딪힌 적이 있을 것 같은데."

노인은 이 지역에서 오래 조폭 생활을 했고, 그가 활동하던 시기와 주식환이 보육원을 나간 시기가 겹친다.

그러니 주식환이 바로 노가다로 간 게 아니라면 이들과 연관되었을 가능성이 높았다.

"아아…… 그 미친놈요."

그런데 이름을 듣자마자 바로 튀어나오는 미친놈이라는 소리.

"압니까?"

"알죠. 내가 그놈을 데리고 왔으니까."

제대로 간땡이 부은 놈이 있다는 소리에 조직으로 포섭해 온 게 자신이었다고 이야기하는 노인.

그러나 얼마 지나지 않아서 조직에서도 쫓겨났다고 한다.

"왜요?"

"간땡이가 부은 수준이 아니라 아예 미친놈이었으니까요."

조폭들은 그런 간땡이가 부은 놈들을 좋아한다.

거리낌이 없기 때문이다.

하지만 미친놈은 싫어한다.

통제가 안 되니까.

"새끼 놈들은 들어오면 합숙을 하는데……."

언제부턴가 합숙소에서 피비린내가 사라지지를 않았다고 했다.

그래서 이상하다고 생각은 하고 있던 차에, 어느 날 합숙소에 뭘 가지러 가게 되었다고 한다.

"그런데 그 미친놈이 고양이를 죽이고 있더라고요."

"고양이를?"

"네. 글쎄, 숙소에 들어가 봤더니 산 채로 고양이 가죽을 벗기는데……."

아무도 없는 시간에 터무니없는 짓거리를 하는 그놈을 보고 노인은 등골이 오싹했다.

미친놈이 잘못 일을 터트리면 조폭들은 싸그리 죽어 나갈 수밖에 없다.

"그래서 쫓아냈습니다."

결국 자기들이 살기 위해 주식환을 쫓아냈고, 그 이후에는 전혀 연이 없었다는 것.

"그 녀석에 대해 아는 거 있습니까?"

"그다지."

금방 쫓아낸 녀석인 만큼 그가 알 만한 건 없어 보였다.

'또 막히는 건가.'

노형진이 살짝 눈을 찡그리는데, 갑자기 오광훈이 생각지도 못한 방향으로 의견을 꺼냈다.

"그러면 그 새끼가 이쪽에 대해 아는 건 있겠네?"

"네?"

"아니, 솔직히 그렇잖아. 너희들이 사람 데려다가 말로 설득할 새끼들은 아니잖아? 작업 어디서 했어?"

"어?"

노형진은 아차 싶었다.

'그렇구나.'

떠돌아다니던 주식환.

그가 시체를 묻을 만한 곳을 알아내는 것은 쉽지 않다.

하지만 이미 그런 곳을 알고 있었다면 이야기는 달라진다.

'그렇지, 조폭들이 사람을 도심 한복판에서 패지는 않겠지.'

그러면 경찰의 손아귀에서 벗어날 수가 없을 테니까.

'이야, 오광훈. 이번 사건에서는 쓸 만한데?'

노형진의 표정을 읽은 건지, 득의양양한 표정이 되는 오광훈.

"모르는데요."

"진짜 몰라? 내가 여기서 한번 제대로 깽판 쳐 볼까? 어? 내가 공구리 들고 여기까지 와야겠어?"

아주 능수능란하게 협박하는 오광훈.

"거기서 무슨 짓을 저질렀는지 말하라는 게 아니잖습니까? 그냥 장소만 알려 주시면 됩니다."

"그건……."

눈을 데굴데굴 굴리는 노인.

하지만 이내 포기하고 말았다.

만일 여기서 말하지 않으면 자신은 망하는 것 말고는 선택지가 없으니까.

"근처에 국유지가 있습니다."

"국유지?"

"네."

어지간한 곳은 다 재개발되었지만 산 한복판이고 그린벨트 지역 안쪽인지라 사람도 살지 않는다고 했다.

위치상 재개발될 가능성 역시 제로에 가까웠고 말이다.

"거기서 주로 작업을 했습니다."

"그린벨트라……."

그린벨트.

법으로 개발이 제한된 지역으로, 그곳의 집은 집수리하는 것도 허가받기 힘든 경우가 많다.

이제는 제한이 많이 풀리기는 했지만 그건 어디까지나 주변에 도시가 있어서 개발할 수 있는 지역일 때의 이야기다.

"거기는 개발이고 뭐고 불가능해서요."

평지도 아니고 오로지 산으로 된 그린벨트는 개발을 하려면 산 자체를 몇 개나 깎아 내야 하는데, 그러면 단가가 안 맞는다.

당연히 개발 가능성은 없다.

"거기에 대해 주식환이 알고 있었습니까?"

"알고 있었습니다."

주식환이 작업할 때 사람을 끌고 간 적이 있다고 했다.

"그곳 위치를 알려 줄 수 있습니까?"

"네."

그는 순순히 주소를 적었다.

보아하니 그곳에서 살인을 하거나 하진 않은 모양이었다.

그랬다면 아예 이야기도 꺼내지 않았을 것이다.

"거기서 가끔 폭행은 했지만, 그게 문제가 되진 않겠죠?"

"뭐, 문제 안 될 겁니다."

이미 공소시효는 지났다.

그러니 지금 고발한다고 해서 그가 처벌받을 일은 없다.

"다만 유가족은 찾을 수 있겠지요."

누군가의 고통은 끝날 거라는 생각에 노형진은 조금이나마 마음이 편해졌다.

⚖️

"여기인가?"

지검장은 산속에 들어와서 주변을 둘러봤다.

"아무것도 없군."

산속으로 들어오는 길조차도 관리용 소로 하나뿐이다.

그러고서도 무려 30분이나 더 들어와야 하는 곳.

그곳에 수십 명의 사람들이 땅을 파면서 내부를 확인하고 있었다.

"여기가 맞을까요?"

노형진은 사실 걱정되기는 했다.

주식환이 여기에 시체를 묻었을 가능성이 높기는 하다.

오는 길에 검문소 같은 것도 없고, 누구나 들어올 수 있지만 들어와 봐야 아무것도 없는 곳이다.

시체를 유기하기에는 딱 좋다.

더군다나 주변의 수천만 평이 모두 그린벨트라 확실한 위치를 모르면 뭘 찾는 게 불가능했다.

"글쎄. 자네들이 한 조사가 맞는다면 여기서 뭐든 나오겠지만……."

지검장이 안타깝게 말하는 그때 누군가의 고함이 터져 나왔다.

"찾았습니다!"

"여기 두개골이 나왔습니다!"

"드디어!"

지검장과 노형진 그리고 오광훈은 서둘러서 그곳으로 향했다.

그리고 구덩이 안에서 조금이나마 얼굴이 드러난 두개골을 찾을 수 있었다.

"당장 사람 더 불러! 주식환이 말한 시신은 17구다! 산속에서 며칠이나 있으려고 하는 거야!"

지검장은 잔뜩 흥분한 목소리로 외쳤고, 누군가가 추가 인원을 부르기 위해 다급하게 전화기를 들었다.

"분명 여기 어딘가에 시신이 더 있을 거다! 찾아! 유가족들에게 돌려보내 줘야 한다!"

지검장은 자신의 평생의 한이 풀린다는 생각에 잔뜩 기대하고 있었다.

노형진은 그런 그를 바라보다가 다시 시신으로 시선을 돌렸다.

그리고 오광훈 역시 그런 피해자를 바라보았다.

"고맙네. 자네 덕분에 드디어 피해자들이 유가족에게 갈 수 있겠네."

지검장이 잔뜩 흥분해서 노형진에게 감사의 인사를 건네는 그 순간, 오광훈의 입에서 갑자기 욕설이 튀어나왔다.

"이런 씨발."

"뭔가, 갑자기? 오 검사, 뭐가 문제가 있나?"

"아니, 그게…….."

오광훈은 조금씩 드러나는 시신을 보다가 긴 한숨을 내쉬었다.

"지검장님, 이거 상황이 이상하게 돌아가는데요?"

"응? 뭔 소리인가?"

"아니, 그게 말입니다."

오광훈은 머리를 긁적거렸다. 그리고 시신을 손가락으로 가리켰다.

"저 옷, 제가 아는 옷입니다."

"무슨 소리인가? 피해자랑 아는 사이란 말인가?"

지검장은 당황해서 물었다.

그건 말도 안 된다.

벌써 수십 년 전 사건이다. 그때 오광훈은 아주 어린 나이일 수밖에 없었다.

그런데 아는 사이라니?

"아니, 그게 말입니다. 그게 아니라⋯⋯."

노형진도 뭔 소리를 하나 하는 얼굴로 오광훈을 바라보았다.

하지만 다음에 나온 오광훈의 말에 두 사람 다 얼굴이 창백해졌다.

"이 옷, 제가 과거 여친한테 사 줬던 옷입니다."

"뭐?"

"그러니까 제가 과거 여자 친구한테 사 줬던 옷이라고요. 그것도 5년 전쯤에요."

"5년 전?"

그건 말도 안 된다.

5년 전의 옷을 입은 시신이 이곳에 있을 수는 없다.

"잘못 본 거 아닌가?"

"맞습니다. 제가 가서 생일 선물로 사 줬습니다. 그러니까⋯⋯에⋯⋯ 명품 숍에서 그 당시에 680만 원 주고 산 옷인데⋯⋯."

그런 옷은 한정된 사람만 입기 마련이다.

오래 같은 디자인을 뽑는 것도 아니다.

옷 같은 경우는 시대별로 트렌드가 다른 데다가 대부분 정해진 양만 뽑기 때문이다.

"설마⋯⋯."

모두의 시선이 시신으로 향했다.

그리고 노형진은 극도로 어두운 목소리로 지검장에게 물을 수밖에 없었다.

"지검장님, 혹시 주식환이 공범에 대해 이야기한 적이 있습니까?"

"없네."

사실 그럴 틈도 없었다.

그가 말하기도 전에 변호사가 가서 묵비권을 걸어 버렸기 때문이다.

"이거…… 아무래도 사건이 커질 것 같습니다."

세 사람 사이에는 차가운 공기만 흐를 뿐이었다.

이것이 법이다

잊힌 사건의 공범

"몇 구?"

"최종적으로 58구가 나왔어."

오광훈은 털썩, 노형진의 맞은편에 앉아서 등받이에 기대며 말했다.

"지금 검찰 난리 났다."

"미치겠군."

사실 간단한 사건이라 생각했다.

그냥 유가족들에게 시신을 돌려줄 수 있으면 좋겠다는 지검장의 작은 바람에서 시작된 사건이다.

그런데 다른 피해자가 있다.

"주식환이 저지른 사건은 총 열여덟 건. 그중 한 건이 걸렸고, 찾지 못한 시신이 17구."

"결국 나머지 41구는 공범의 소행이라는 소리군."

그리고 그 공범은 여전히 살아서 살인을 하고 있다는 뜻이고 말이다.

"가장 최근의 시신은 2개월 전에 사라진 사람이야."

"돌겠네."

노형진은 머리를 부여잡았다.

상황이 워낙 급하다 보니 검찰에서 자신에게도 도움을 요청하고 있었다.

사건을 추적한 건 노형진이니까.

자존심이 강한 검찰이 그런 요청을 한다는 것 자체가 문제가 심각하다는 의미였다.

"피해자들의 신분은?"

"찾아보고 있는데 한 분은 나왔지."

"한 분?"

한 명도 아니고 한 분이란다.

이어지는 설명을 들은 노형진은 대충 이해가 갔다.

"'그 여자'군."

자신들에게 맨 처음 발견된 여자.

680만 원짜리 옷을 입고 있던 그 여자.

일반인이라면 그런 옷을 쉽게 입고 다닐 수는 없다.

"5년 전에 실종된 사람이야. 그 당시 재경부 차관 딸이래."

"정부에서 성토하고 난리도 아니겠군."

5년 전 재경부 차관이라고 하면 설사 은퇴했다고 해도 조직 내의 인맥은 여전히 살아 있을 가능성이 크다.

그러니 정치권에서 이 문제를 걸고넘어지지 않을 리 없다.

"더 웃긴 건 뭔지 알아?"

"뭔데?"

"그 변호사 기억나?"

"누구?"

"주식환 변호해 줬던 그 변호사 말이야."

"그래, 기억나지."

"그 사람, 아이가 셋이었다더라."

명백한 '과거형'이다.

그 말을 들은 노형진은 갑자기 소름이 쫙 돋았다.

"설마?"

"아들 하나에 딸 둘이었지."

"전부 희생자인 거야?"

"딸 한 명만. 그 변호사, 자살 시도해서 병원으로 실려 갔어. 우리도 참고인으로 조사하려고 했는데 지금 사경을 헤매고 있단다."

노형진은 입술을 깨물었다.

'노렸군.'

그러지 않았다면 우연이라도 그런 일은 벌어질 수가 없다.

아마도 공범이, 죽어 버린 주식환의 복수를 하기 위해 고의적으로 노렸을 것이다.

자신이 범죄자를 보호했다는 사실 때문에 자신의 딸이 죽어야 했다는 사실을 받아들여야 하는 부모의 심정은 아마 뭐라고 말할 수도 없을 만큼 비참할 것이다.

"미친 새끼들."

그녀의 잘못이 아니다.

그 상황에서 그녀는 최선을 다했고, 감옥에서 암으로 죽은 것은 주식환의 업보일 뿐이다.

그런데 그 보복을 하다니.

"넌 어쩔 거야?"

"뭘?"

"도와줄 수 있어?"

"이걸 어떻게 안 도와주냐?"

잡히지 않는 이상 살인은 계속될 것이다.

운이 좋다면 검찰에서 알아서 잡을 수도 있겠지만, 마냥 기대만 할 수는 없다.

"이미 움직이고 있다."

"움직이고 있다고?"

노형진은 인터폰을 눌러서 김소라를 불렀다.

잠시 후 들어온 김소라는 노형진을 보면서 손을 흔들었다.

"아주 큰 건을 찾으셨네요."

"죽겠습니다. 뭐 좀 나왔나요?"

"이분은?"

"김소라라고, 우리 회사 소속 프로파일러분이셔."

"빠르기도 해라. 우리는 이제야 프로파일러 부른다고 난리인데."

"전속이 좋다는 게 이런 거지. 그나저나 뭔가 나왔습니까?"

"자세한 내용은 없어서 잘 모르겠지만, 몇 가지는 나왔어요."

나이는 대략 50대일 것이다.

건장한 체격은 아니다.

하지만 인상은 호감형일 가능성이 높고 젠틀한 타입이다.

"신기하네요. 벌써 그렇게 나와요?"

"공범이니까요."

공범은 나이가 비슷한 경우가 많다.

물론 종속적 구조의 공범이라면 다르지만, 주식환의 성격을 봐서는 끌려다닐 타입은 아니다.

"그건 중요한 거죠."

반면에 만일 상대방이 끌려다니는 타입이라면 주식환이 사라진 시점에서 살인이 멈췄어야 한다.

하지만 그렇지 않았다.

즉, 대등한 관계라는 의미다.

"그렇다면 나이는 비슷할 거예요. 지금은 50세 이상이라는 거죠. 거기에다 여성 피해자들이 많아요. 피해자들이 그

를 보고 경계를 하지 않았다는 거죠. 즉, 그의 신분이 믿을
만하다는 거예요."

"그런가요?"

"네, 제가 아는 정보만 놓고 보자면 그래요."

"그러면 추가 정보를 드리면 어떨까요?"

노형진은 고개를 까딱했고, 오광훈은 그녀에게 서류 뭉치
를 건넸다.

피해자들에 대한 정보였다.

"아직 피해자들 신분이 다 알려진 건 아닙니다만."

"감안하고 볼게요."

침묵이 흐르는 가운데, 그녀는 서류를 한 장씩 넘기며 끝
까지 살폈다.

그리고 눈을 찌푸렸다.

"당장 이걸 가지고 자세한 프로파일을 할 수는 없어요. 일
단 이걸로 분석을 할 수는 있겠지만요."

"그러면 나오는 건 없나요?"

"비슷해요. 다만 범인의 신분이 생각보다 높을 수도 있어요."

"신분이 높다고요?"

노형진은 생각지도 못한 말에 당혹했다.

신분이 높다니.

물론 한국이 왕정제 국가는 아니다.

그러니 귀족은 없다.

하지만 신분제가 아주 없는 것도 아니다.

"네? 하지만 검찰에서는 다른 이야기를 하던데요."

오광훈은 어리둥절한 표정으로 말했다.

그리고 노형진은 눈을 찌푸렸다.

"이야기가 나왔다고?"

"그래."

'이것들이 진짜.'

분명히 노형진에게 도움을 요청했다.

그리고 노형진은 최선을 다해서 도와주려고 하고 있다.

그런데 그런 이야기는 전혀 듣지 못했다.

'결국 그런 거지.'

하긴, 애초에 그에게 도움을 요청했다고 해도 정보를 100% 준다는 의미는 아니었을 것이다.

"무슨 이야기인데?"

"그 피해자들이 나이트클럽에서 낯선 남자를 따라갔다고 하던데."

"클럽요?"

김소라는 눈을 찌푸렸다.

"이해가 안 가네요. 어떻게 그렇게 결론이 나온 거죠?"

"그거야 모르죠."

오광훈은 어깨를 으쓱했다.

그도 들은 이야기가 별로 없었으니까.

"뻔하죠."

노형진은 머리를 흔들었다.

"이런 사건의 정치적 부담을 덜려고 하는 거죠."

"정치적 부담이라니?"

"이런 사건이 해결이 안 되면 어떻게 될 것 같아?"

검찰이고 경찰이고, 가루가 되도록 까일 것이다.

무려 20년 가까이 걸리지 않고 살인한 놈이다.

매년 두 명에서 세 명 정도 공을 들여서 살인을 했는데 아무도 몰랐다.

즉, 잡을 수 있을 거라는 확신은 없다는 거다.

"그럴 때 가장 좋은 방법은, 범죄의 책임을 피해자에게 떠넘기는 거야. 그런 사건 많잖아."

"하긴, 그러네요."

옛날에는 강간 사건이 터지면 언론과 경찰에서는 가해자를 욕하는 게 아니라 피해자의 행실을 따졌다.

"그게 얼마나 개소리인지 모르는 거지."

"맞아요."

김소라도 고개를 끄덕거렸다.

"안 되는 건 안 되는 거죠."

설사 여자가 속옷만 입고 길거리를 활보한다고 해도, 정상적인 문명인이라면 그녀를 강간하는 게 아니라 경찰에 신고해서 보호해야 한다.

이것이 법이다

강간의 실행은 피해자의 행실과는 상관없다.

그저 해결 못 했을 때 책임을 벗어나기 위해 경찰이 지껄이는 말일 뿐.

"이번 사건도 마찬가지일 거야."

"무슨 뜻인지 알겠네."

오광훈은 머리를 긁적거렸다.

클럽에서 사라졌다는 것.

이미 시간이 오래 지나서 진실인지 알 수는 없다.

그저 추정을 할 뿐이다.

그리고 피해자들에게 그런 프레임을 뒤집어씌우면 경찰은 훨씬 욕을 덜 먹는다.

스스로 위험한 곳에 갔다는 의미가 강해지기 때문이다.

"그쪽 프로파일러도 그래요?"

어이가 없다는 표정으로 묻는 김소라의 말에 오광훈은 머리를 긁적거렸다.

"어, 모르겠는데요?"

"모르겠다니요?"

"이야기가 많아지면 혼선이 온다고, 정해진 사람들만 접촉하게 해서요. 직접 들은 이야기는 없네요."

"미친놈들."

노형진은 입술을 깨물었다.

분명 프로파일러가 있다.

그럼에도 불구하고 이런 발표가 나온다는 것은, 그들의 의견과 상관없이 사건 자체가 정치적 해결 방향으로 흘러가기 시작했다는 뜻이다.

"일단 결론만 말하면 그 피해자분들이 클럽에 갔을 가능성은 없어요."

"어? 뭐라고요? 피해자들이 클럽에 간 게 아니라고요?"

"피해자들의 복장을 보면 알 수 있죠. 모든 피해자들의 옷을 다 본 건 아니지만, 우리가 확인한 건 클럽에 입고 갈 만한 옷이 아니라는 거예요. 처음으로 발견된 피해자의 옷도 그래요. 이 옷은 고가이지만 놀러 갈 때 입을 만한 건 아니에요. 즉, 사람을 꼬셔서 데리고 갈 만한 공간에 입고 가는 옷은 아니라는 거죠."

"잠깐만, 그 말은?"

"피해자들이 아는 사람이거나 피해자들이 믿을 만한 신분이라는 건데."

그녀는 맨 위에 있는 사진을 바라보았다.

고가의 명품 옷을 입은 피해자.

"이 정도 되는 피해자의 신분을 생각하면 낮은 직급은 아니라는 거예요."

"이런 씨발."

오광훈의 입에서 저절로 욕설이 흘러나왔다.

"정보가 새어 나갈 수도 있다고 했나?"

지검장은 심각한 얼굴로 되물었다.

"네, 그럴 가능성이 높다고 생각합니다."

"어째서?"

"프로파일을 보셔서 알겠지만, 상대방이 어느 정도 급이 되는 사람이 아니라면 이 정도 일은 터지지 않습니다."

한두 명도 아니고 서른 명이 넘는 사망자다.

그중에는 정치인의 딸도 있다.

"그 말은 그들이 신뢰를 할 정도로 상대방이 믿음직하다는 겁니다. 그런 사람이 과연 얼마나 될까요? 경찰은 피해자들이 술집이나 클럽에서 사라졌다고 발표했습니다. 하지만 애초에 그랬다면, 벌써 범인이 특정되었겠지요."

술집에서 계속 실종 사고가 터지는데 경찰이 모를 수는 없으니까.

"그 말은, 피해자들이 자발적으로 따라갔을 가능성이 아주 높다는 뜻입니다."

"즉, 평소에 알고 지내던 사람이다?"

"네."

최소한 그 사람이 거부감이 들 정도는 아니라는 소리이기도 하다.

"하긴, 자네 말을 뒷받침해 주는 게 있기는 하지."

"뒷받침요?"

"이건 방금 올라온 보고서일세. 아직 비공개 상태고."

지검장은 뭔가를 꺼내서 노형진에게 건넸다.

그리고 그걸 받아 든 노형진은 읽다가 눈을 찌푸렸다.

"프로파일러들의 견해인가요?"

"그쪽 이야기도 있지."

지검장은 곤혹스러운 표정을 지었다.

"안 그래도 발표된 거랑 프로파일링이랑 차이가 많이 나던데, 어떻게 된 겁니까?"

"그건 말일세."

한숨을 푹 쉬는 지검장.

하긴, 이런 정도의 사건이라면 서울지방검찰청 지검장의 힘으로 막을 수 있는 사건이 아니다.

아마도 더 상위 라인의 힘이 들어갔을 것이다.

"절대 발설하면 안 되네."

"일이 있군요."

"사실 프로파일링 팀에서 예측한 정보는 자네와 비슷하네."

당연하다.

같은 훈련을 받았는데 인간의 심리를 분석하는 게 극단적으로 다를 수는 없을 것이다.

문제는 그걸 받아들이고 집행하는 사람들의 태도다.

"하지만 상부에서는 그런 부담을 받아들일 수 없다고 생각하고 있네."

"받아들일 수 없다?"

"살인마가 고위직이라는 게, 그것도 검찰 고위직이라는 게 무슨 의미겠나?"

"네?"

노형진은 순간 움찔했다.

자신들이 고위직이라고 예상은 했지만, 검찰 고위직이라는 것은 전혀 예상하지 못했으니까.

'아니, 당연한 건가?'

자신들은 한정된 정보만 가지고 판단할 수밖에 없다.

하지만 경찰 내부의 프로파일링 팀은 모든 정보를 다 볼 수 있다.

"그쪽에서는 검찰 고위직이라고 판단하고 있는 겁니까?"

"그래."

"어째서요?"

"실종자들의 실종 시기 때문일세."

사건 실종자들의 실종 시기를 보면 공통점이 있었다.

어떠한 사유로 인해 경찰이나 검찰이 정신이 없을 때 주로 사건이 터졌던 것이다.

"물론 외부적으로 유명한 시기도 있었지."

가령 선거 기간 같은 경우는 외부적으로 드러난 시기다.

그때는 경찰이 보호 업무와 유세 지역의 교통정리 등 때문에 무척이나 바쁘다.

거기에다 미친 듯이 선거위반 사범에 대한 고발이 생길 때다.

조금이라도 유리해지기 위해 말이다.

"하지만 외부적으로 드러나지 않은 경우도 있었네."

"으음."

경찰이나 검찰이 다른 업무로 바쁘면, 실종 사건은 기본적으로 후순위로 밀리는 성향이 강하다.

안 그래도 실종되면 가장 먼저 하는 일이 핸드폰 추적이 아니라 집에 가서 일단 기다리라고 말하는 건데, 바쁜 시기에는 아예 무조건 가출로 처리하는 경향도 강해진다.

"내부 사람이 아니면 알 수가 없겠군요."

외부적인 시점을 이용하는 거야 어렵지 않지만, 내부의 혼란스러운 시점을 이용한 건 어려운 일이다.

"그래. 그래서 검찰 쪽에서는 일단 사건을 무마하는 쪽으로 몰아가려고 하는 걸세."

"범인은 잡겠지요?"

"잡기야 하겠지."

하지만 최대한 사건을 무마하면서 시간을 끌다가 잡을 것이다.

그래야 사람들이 관심을 가지지 않을 테니까.

'이거야 원. 예상에서 한 치도 벗어나지를 않는구먼.'

노형진의 예상대로 검찰 상부는 사건의 부담감 때문에 사건 자체를 축소하려고 하는 모습을 보이고 있다고 한다.

"그리고 검시 결과도 나왔네. 가지고 갈 수는 없지만 여기서 슬쩍 보게나."

노형진에게 서류를 건네는 지검장.

그걸 보던 노형진은 말문이 막혔다.

"이 말이 사실입니까?"

"그래, 전문가들이 내린 결론이니 부정할 수는 없을 거야."

"으음……."

2개월 전 사라진 사람의 부검 보고서.

지금은 한겨울인 데다가 날씨까지 역대급으로 추운 시기다.

그래서 시신이 그다지 부패되지 않아서 부검을 할 수 있었다.

"그런데 시신의 굳어진 형태로 봤을 때, 의자의 뒷좌석에 앉아 있을 가능성이 높다고 하더군."

"간땡이가 부었군요."

"하지만 생각해 보면 누가 의심을 하겠나? 거기에다가 화장품까지 발견된 모양이야."

보통 사람들은 시신을 옮긴다고 하면 어디 트럭의 뒤에 천으로 둘둘 말거나 트렁크에 실어서 조용히 옮길 거라 생각한다.

그런데 보고서에 있는 이야기는 달랐다.

피해자는 사망 직후 앉은 형태로 사후강직이 왔음. 사망의 원

인은 질식사로 보임. 굳어진 근육의 형태로 볼 때 시신이 앉아 있
던 자리는 높이가 낮은 일반 승용차로 추정되며, 시신의 얼굴과
손 부위에서 발색 화장품으로 보이는 물질이 발견됨.

쉽게 말해서 의자의 뒷좌석에 시체를 앉히고, 창백한 얼굴
과 손을 색조 화장품으로 감추고 여기까지 왔다는 것이다.

"경찰의 행동 패턴이나 조사 방법에 대해 잘 알고 있는 놈
들이야."

경찰들은 의심스러운 차량에 대해 검문을 한다.

당연하게도 트렁크나 짐칸을 열어 본다.

"하지만 고급 승용차는 그다지 의심하지 않지."

거기에다가 뒷좌석에 앉혀 두고 화장으로 피부색까지 감
추면 누가 봐도 잠들어 있는 것처럼 보인다.

설사 검문에 걸린다고 해도 경찰은 운전자의 신분증을 확
인하는 것으로 끝내지, 뒷좌석에서 자고 있는 사람을 깨워서
신분증을 내놓으라고 하지는 않는다.

"거기에다 고위직이라면 더더욱 그러겠지."

신분증 대신에 자신의 직책을 증명할 수 있는 뭔가를 내놓
는 경우 상대방은 그 신분에 주눅이 들어서 더 이상 캐물어
보지 않는다.

"우리 쪽 프로파일러도 같은 소리를 하더군."

경찰 쪽 프로파일러는 아무래도 새론 쪽보다 정보가 더 빠

를 수밖에 없다.

공식적으로 도움을 요청한 게 아니다 보니 어쩔 수가 없다.

자존심 때문에라도 공식적이라는 말은 할 수가 없는 게 현실이다.

안 그래도 새론이 미결 사건을 해결하면서 더더욱 말이다.

"프로파일러의 말로는, 상당 기간 의심을 받지 않기 위해 살펴보는 시기가 있다고 하더군."

"그 말은 계획성 살인이라는 거군요."

"그래. 사실 피해자가 서른 명이야. 1년에 대략 두 명 정도라는 건데, 그 정도 시간이면 무차별적인 살인은 아니라는 걸세."

전형적인, 표적을 정해 두고 접근해 가면서 하는 사냥이라는 소리다.

"누군가 의심하지 않을 상황이 만들어질 때까지 끈기 있게 두고 보는 타입이니 절대 서두르지 않을 거라고 하더군."

그러다가 경찰과 검찰 내부가 혼란스럽고 바빠지면 그때를 이용해서 살인을 저지른다.

사건의 처리 방식까지 알고 있지 않다면 불가능한 방식이다.

"주식환과 같은 타입이네요."

다만 주식환은 걸렸고 그놈은 안 걸렸다.

"그러고 보니 주식환이 트렁크에 증거를 싣고 가다가 발각되었다고 했죠?"

정확하게는 시신을 트렁크에 넣고 옮기다가 발각되었다.

"그런데 이놈은 거기서 배운 거네요."

"그랬겠지."

노형진은 그 말을 하다가 눈을 찌푸렸다.

"근데 이상한데요."

"뭐가 말인가?"

"이 사건, 뉴스에 나간 적이 없지 않습니까?"

연쇄살인의 가능성이 높지만 그 당시 세상이 워낙 뒤숭숭해서 이 사건은 외부에 노출된 적이 없다.

심지어 노형진조차 이런 사건이 있다는 것을 몰랐다.

"그런데?"

"그런데 어째서 자신의 범죄 패턴을 바꾼 거죠?"

어쩌다 잡혔는지 알 수가 없다.

그리고 그 당시 기록을 보면 누가 접촉하거나 한 기록은 없다.

이런 경우 가장 의심스러운 사람은 변호사인데, 변호사가 유가족이 되어 버린 상황에서 그녀가 누군가에게 정보를 제공했을 가능성은 사라져 버렸다.

더군다나 노형진이 만난 그녀는 원칙주의자였다.

자신에게조차 이미 끝난 사건의 공개를 탐탁지 않게 생각했다.

그런 사람이 제삼자에게 정보를 공개했을 가능성은 전혀

없다.

"그 부분 역시 가해자가 검찰 고위직이라고 의심하는 이유일세. 경찰은 그 부분에 대해서는 관련자들 말고는 모르거든."

지검장의 얼굴이 점차 어두워졌다.

트렁크에서 시신이 발견되었다는 정보는 외부에 나간 적이 없다.

오로지 현장에 있던 경찰관과 그 사건을 조사했던 경찰관들만이 아는 사항이었다.

그런데 범인은 시신의 운송 방법을 바꾸었다, 훨씬 더 치밀하게.

그 말은 어떻게 걸렸는지 안다는 뜻이다.

그리고 그걸 알 수 있는 방법은 단 한 가지뿐.

"경찰이 아니라 검찰 내부의 사람일 거라는 소리군요."

경찰일 가능성은 사실 낮다.

그 사건의 당사자가 아니면 접근하는 게 쉽지 않으니까.

하지만 검사라면 이야기가 다르다.

판례를 찾아보는 거야 일상적으로 있는 일이니.

"그래도 우리도 사건의 조사가 조심스럽네. 누가 했는지 알 수 없으니 공격적으로 나갈 수도 없는 상황이야."

"저한테 도움을 청하는 것도 힘들겠군요."

"솔직히 말해서 힘드네."

지검장이 독단으로 도움을 청했지만 상황이 돌변했다.

그래서 그 요청을 철회해야 하는 상황이었다.

"그런데 방향조차도 엉뚱한 곳으로 향하고 있으니 이래서야 어디 범인 잡겠습니까?"

노형진은 곤혹스러운 듯 말했다.

"그래서 말인데, 자네들이 좀 몰래 조사를 해 주면 안 되겠나?"

"네? 그게 무슨 말씀이신지?"

"내가 속한 조직을 배신하는 것 같아서 꺼림칙하지만……."

이번 사건이 워낙 크다 보니 관련자들도 많고 사건에 끼어든 사람도 많다.

그래서 그는 정보가 새는 것을 통제할 방법이 없다고 했다.

"그 고위직이 누군지는 모르지만, 그와 관련된 사람이 정보를 흘리면 우리는 완전히 닭 쫓던 개가 되는 거지."

물론 아무리 검찰이라고 해도 이런 연쇄살인범을 풀어 주지는 못할 것이다.

"하지만 시간은 끌겠군요."

사람들이 이번 사건에 대해 잊을 때까지 한두 달 정도 시간을 끌면 더 이상 누구도 이번 사건에 크게 신경을 쓰지 않을 테고, 그 후에 체포하고 직업 빼고 어디서 뭐 하는 누구씨라고 발표하면 사건은 그걸로 종결 처리.

"하지만 그사이에 도주할 가능성도 높겠군요."

내부에 스파이를 심을 수 있는 직급이라면 더더욱 그럴 것이다.

최악의 경우 도주를 포기하고 다른 피해자를 더 만들 수도 있는 상황.

"시간을 끈다는 전략에 대해서는 나는 반대하는 입장일세."

"무슨 뜻인지 알겠습니다."

지검장이 반대한다고 하지만 이미 특별 수사본부가 생긴 이상 그가 어떻게 할 수는 없다.

그렇다면 다른 누군가가 대신 조사를 해야 한다.

"그리고 자네에게는 그럴 힘이 있지 않나?"

노형진은 씁쓸한 미소를 지었다.

⚖

"망했네."

오광훈은 노형진의 사무실 의자에 기대서 투덜거렸다.

"어떤 새끼인 줄 알아?"

경찰청 내부의 프로파일링 팀 내부의 분석에 따르면 50대 이상 검찰.

그 말이 가지는 무게는 무겁다.

그 나이쯤 되고도 검찰 내부에 살아남았다면 절대 낮은 직급은 아닐 테니까.

당장 지검장이 50대다.

"그 정도 직급이면 자료를 얻는 건 어려운 일이 아니야."

더군다나 정치적으로도 중요한 사건이다.

이런 사건은 개나 소나 다 자료를 달라고 할 게 뻔하니, 그중 의심스러운 사람이 얼마나 될지는 예상도 안 되는 수준이다.

"그러면 어쩌지?"

"수사관일까?"

"수사관이라기에는 좀 무리지. 그러니까 검사라고 보는 거고."

"씨발, 검사 새끼가 뭐가 아쉬워서 살인이야, 살인이?"

"검사도 인간이야."

성적만 보고 뽑는 대한민국 사법 체계의 특성상 인성이 들어갈 부분은 너무나 적다.

물론 면접이라는 과정이 있지만 결국 요식행위인지라 어지간하면 통과하는 것이 현실이다.

더군다나 면접을 본다고 해도 인간 내면의 어두운 부분을 다 볼 수는 없는 노릇이다.

실제로 재판관이 재판을 하면서 초등학교를 졸업한 사람이 대학생 출신 아내가 있다고, 혹시 약 먹여서 결혼한 것 아니냐고 떠들기도 했다.

애석하게도 법을 집행하는 사람의 인성을 전혀 감안하지 않는 한국 법률 시스템의 심각한 문제점이 여실히 드러난 사례였다.

이것이 법이다

"거기에다가 검사는 사람들의 생사를 결정하는 자리야. 안 그래도 그런 성향이 있는 인간이 그런 자리에까지 올라가면 어떤 일이 벌어질까?"

가지고 있는 정신병이 심해질 것이다.

"진짜로 자신이 인간의 목숨을 가지고 놀 수 있는 전지전능한 놈이라고 생각할 수도 있어."

"미친놈이네, 진짜."

오광훈은 머리를 절레절레 흔들었다.

자신이 그런 자리에 있다고 생각해 본 적은 없다.

그런데 생각해 보면 검사란, 주변에서 살려 달라고 비는 자리다.

그런 곳에 미친놈이 들어가면 그런 마음이 안 생기는 게 이상한 거다.

멀쩡한 사람조차도 그 자리에 들어가면 미쳐서, 자신이 특별한 인간이라 생각하게 되니까.

"진짜 심리검사를 도입해야 한다니까."

노형진은 툴툴거렸다.

물론 그랬다가는 판사와 검사의 70%는 해직을 피할 수가 없을 것이다.

"그러면 이거 어째? 조사 결과가 결국 죄다 그놈한테 흘러 들어 간다는 거잖아? 우리가 별도로 조사한다고 해서 그 새끼가 관심을 안 가질 것 같지는 않은데."

오광훈의 말에 노형진은 피식 웃었다.

"그걸 감안하고 작전을 짜야 잘한다고 소문이 나는 거야."

"어떻게 하려고?"

"간단해. 알려 주는 거지."

"뭐?"

"정보 집단의 방법 중 하나지."

정보를 감추는 가장 좋은 방법은?

그걸 꽁꽁 감추는 것도 방법이지만, 쓰레기통에 감추는 것도 방법이다.

"넘치는 쓰레기 안에 정보가 들어 있으면 그게 어떤 건지 알 수가 없거든."

"그게 무슨 뜻이야?"

"그가 정확한 판단을 할 수 없도록 가짜 정보를 뿌려야 한다는 거야."

이번 사건은 정보를 감추고 싶다고 해도 감출 수가 없는 것이 사실이다.

아무리 정보 통제를 명령한다고 해도, 검찰 내부에서 인간들은 정의가 아니라 파벌을 따른다.

"그럴 거면 차라리 대놓고 정보를 뿌리면 되는 거지, 뭔 작전을 다 짜?"

"대놓고 뿌리면, 잘못하면 검찰이 욕을 먹어. 안 그래도 검찰에서 욕 안 먹으려고 그 난리인데 해 주겠니? 그리고 우리 목적은 우리가 그들의 시선에서 벗어나는 거야. 그런데 검찰이 뿌려서는 효과가 없지."

"그러면 어쩌자는 거야?"

전혀 감을 잡지 못하고 짜증스럽게 말하는 오광훈.

하긴, 그는 이런 계획에 약했다.

아마 앞에서 총질하라고 하면 그건 잘할 것이다.

"그러니까 네가 중요한 거야."

"내가? 왜?"

"지금부터 네가 개소리를 해야 하거든."

"응?"

노형진의 말에 오광훈은 눈을 가늘게 떴다.

그리고 얼마 후에 벌어진 일에 검찰은 난리가 났다.

⚖️

―이번 사건의 피해자는 총 쉰여덟 명이며 사인은 질식사입니다.

뉴스에서 나오는 보고서.

하지만 기자가 다음에 한 말은 국민들에게 대혼란을 불러 일으켰다.

―이번 사건에서 검찰의 익명의 관계자는 공범이 4인 이상으로 이

루어진 집단 납치범으로 보인다고 이야기했습니다. 승합차 등을 이용하여 피해자들을 납치한 것으로 보이는 이 집단은 최소한 20년 이상 연쇄살인을 저지른 전문 살인 집단으로······.

언론에서 떠드는 내용은 집단 살인으로 포장되어 있었다.

국민들은 불안감에 어쩔 줄 몰랐다.

당연하게도 검찰에서는 이 문제를 심각하게 항의했다.

사실 항의할 수밖에 없었다.

오광훈이 무단으로 인터뷰한 내용이니까.

익명이라고 발표는 했지만 내부 고발자를 찾아내는 데에는 도가 튼 조직이 바로 검찰이다.

"나 완전히 찍힌 것 같은데."

오광훈은 떨떠름한 표정으로 말했다.

제보를 한 후 주변의 시선이 싸늘해졌으니까.

"언제는 안 그랬나?"

노형진은 히죽 웃었다.

"그나저나 이제 어쩌냐? 나 이번 사건에서 잘렸는데."

오광훈은 노형진이 시키는 대로 인터뷰를 했고, 그 보복으로 사건 수사 팀에서 쫓겨났다.

"걱정하지 마. 그렇다고 해서 네가 범인 못 잡는 거 아니잖아."

"그거야 그런데······."

오광훈은 머리를 긁적거렸다.

"애초에 네가 거기서 쫓겨나는 것도 이번 계획의 일부야."

"뭐? 어째서?"

"전에 말했잖아. 검찰의 고위직이야. 그런데 그런 놈이 주시하고 있는데 연쇄살인의 정보가 안 흘러갈까? 네가 그 특별 수사본부 소속으로 있으면 네가 하는 조사는 무조건 그쪽에 넘어갈 거야."

"그런가?"

"쉽게 말해서 그거야. 너는 거기서 쫓겨났지. 하지만 개인이 추적하는 것까지 검찰에서 말릴 수는 없어. 그리고 넌 공식적으로 쫓겨났기 때문에 보고할 필요가 없지."

"아하!"

쉽게 말해서 상대방의 시야에서 벗어나서 움직일 수 있다는 소리다.

"거기에다 네가 뿌린 정보는 가짜니까."

범인 입장에서는 오광훈이 전혀 엉뚱한 곳에서 움직이고 있다고 생각할 테니, 그를 감시하거나 신경 쓸 필요를 느끼지 못할 것이다.

당연하게도 오광훈은 그 틈을 이용해서 그에게 접근할 수 있다.

"그냥 아예 기밀로 처리하면 얼마나 좋을까?"

"애초에 그럴 수 있으면 내가 이런 고생 안 한다."

공식적으로 기밀로 처리한다고 해도, 정치권까지 선이 닿아 있는 사건이다.

그렇다 보니 그 이후에 뒷말도 더럽게 많을 것이다.

"아예 다 자료를 안 주면 좋은데 말이지."

하지만 여기에 들어와 있는 검사들은 파벌이 다 다르다.

공식적으로 안 준다고 해도, 검사들은 자기네 파벌에 보고를 할 수밖에 없다.

"더군다나 정치인들은 편협하거든."

만일 자신의 요구를 거절한다?

그게 지극히 합리적인 이유라고 할지라도 그 보복을 하는 게 정치인, 아니 정치꾼들이다.

"그들은 올바른 시스템에는 관심이 없어."

자신이 자료를 요구하면 상대방은 당연히 내놔야 한다고 생각한다.

"그들은 검사 중에 범인이 있다고 생각해. 그런데 그걸 제대로 공표하고 조사를 할까?"

"그건 아니겠네."

철저하게 팔이 안으로 굽는 것이 바로 검찰이다.

"물론 체포야 하겠지. 하지만 그 시간이 얼마나 걸릴지는 알 수 없어."

정보란 정보는 모조리 샐 거다. 그건 막을 방법이 없다.

"설사 찾는다고 해도, 상대방의 신분에 따라서 처벌 수위가 달라질 거야."

고위직이 수십 건의 살인에 연루되었다?

그건 검찰 측 입장에서는 부담스러운 일이다.

"하지만 감추는 건 간단하지."

그냥 거기서 수사를 딱 멈추면 된다.

그러면 적용되는 피해자는 기껏해야 한두 명.

그러면 가해자는 처벌을 받고 검찰에서 퇴출되는 것이다.

"설마 그럴까?"

"설마라고 생각해?"

노형진은 검찰이라는 조직을 믿지 않는다.

이득을 위해 공공연하게 사건을 조작하다가 걸린 게 검찰
이다.

"우리나라에서 가장 큰 힘을 가진 조직 중 하나야."

검찰과 법원 그리고 언론사와 군대.

그들은 그 특성상 어떠한 견제도 받지 않고 성장해 왔다.

그렇다 보니 그들은 간땡이가 부어서 넘칠 정도다.

"현직 대통령에게도 삿대질하는 게 그들이야."

그들은 전직 대통령을 무고하기 위해 사건을 조작하기도
했다.

그런 조직이 뭔들 못 할까.

"내가 장담하는데, 그들이 범인을 잡으면 어떻게 해서든
사건을 축소할 거야."

"그나마 다행인 건 지검장이 우리를 도와준다는 거지."

지검장은 검찰에 오래 있던 사람이기에 노형진만큼이나 검찰의 성격에 대해 잘 안다.

그래서 그는 공식적으로는 도와주지 않겠지만, 사건 수사 기록 중 중요한 부분을 몰래 이야기해 주기로 했다.

그 역시 사건이 축소될 거라 봤기 때문이다.

"그걸 막기 위해서라도 우리는 움직여야 해."

"그런데 어떻게 잡으려고?"

문제는 그거다.

그가 과연 누군지 알 수가 없다는 것.

'시신에 접근할 수 있으면 좋겠지만.'

애석하게도 그럴 상황은 안 된다.

오광훈이 쫓겨나면서 노형진 역시 쫓겨났으니까.

'망할 새끼들.'

노형진이 검찰과 따로 조사하기로 한 이유가 바로 그것이다.

검찰은 애초부터 사건을 은폐할 생각으로 움직이고 있었기 때문이다.

지검장이 오광훈과 노형진을 투입했는데 잘렸다.

그게 무슨 의미겠는가?

더 높은 곳에서 이 사건을 움직이고 있다는 거다.

'그리고 투입된 검사들도 뻔하고.'

투입된 검사들의 면면을 보면 대부분 공안 검사 출신이다.

공안 검사.

좋게 말해서 공공의 안전을 취급하는 검사라고 하지만 실질적으로 공안 검사는 간첩 사건이나 정치 사건을 담당하는 검사들, 즉 정치 검사들이다.

그리고 이들이 추구하는 것은 정의가 아닌 자신들의 이득이다.

"의심 가는 거 있어?"

"그건 김소라 씨가 도와줄 거야."

노형진은 사무실로 김소라를 불렀다.

그러자 김소라는 피곤한 얼굴로 거의 기어 오다시피 안으로 들어왔다.

"피곤하신가 보네요."

"아주 죽겠어요. 피해자도 많고요. 그렇다고 다른 사건들이 사라지는 건 아니잖아요."

노형진은 고개를 끄덕거렸다.

유일한 민간 프로파일러이다 보니 외부에서 들어오는 사건의 숫자는 어마어마하다.

숫자를 보충했어도 그건 어쩔 수가 없었다.

그녀뿐만 아니라 새론 자체가 일에 치이는 상황이니까.

"그나저나 대단하네요. 피해자를 프로파일링 하자고 하시다니. 보통은 가해자를 프로파일링 하는데 말이죠. 그런 생각은 못 했어요."

"미국 드라마에서는 그러더군요."

"피해자?"

두 사람의 말에 오광훈은 고개를 갸웃했다.

피해자를 프로파일링 한다는 건 몰랐으니까.

"아, 이야기 안 했나? 어차피 범인에 대해서는 대충 나왔으니까."

하지만 노형진이 생각하기에는 이상한 점이 있었다.

피해자는 주로 20대 중후반의 젊은 여성이다.

수십 년 전에는 그 사람들이 속아 넘어갔을 이유가 있다.

일단 검사이고 젊은 남자라면, 인기 있는 결혼 대상이라고 할 수 있으니까.

"하지만 우리가 분석한 남자의 나이는 50대 중반 이상이야. 그러면 젊은 여성이 관심을 가질 메리트가 없지."

거의 자기 아버지뻘이니 결혼 상대자는 아니다.

도리어 그런 나이대의 남성들이 접근하면 좋지 않은 의심을 받는다.

"그런데 자연스럽게 접근했고 흔적도 안 남았어. 과연 어떤 식으로 접근했을까? 나는 그게 궁금했어."

"변호사일까?"

검사를 그만두고 변호사 생활을 할 수도 있다.

그러면 그런 사건 때문에 만날 수도 있다.

하지만 노형진은 고개를 흔들었다.

"그럴 리 없어."

의뢰인이 자꾸 사라지는데도 의심받지 않으면 그게 이상한 거다.

그러니 업무적으로 관련이 없는 관계여야 한다.

"그러면 성매매?"

"그것도 아닐걸."

한국의 성매매는 대부분 포주라는 존재를 끼고 운영된다.

그런 만큼 실종자가 나오면 그들이 신고를 할 것이다.

한두 명이 사라진 게 아니니까.

"김소라 씨는 어떻게 생각해요? 나온 게 있습니까?"

아무리 노형진이 좀 배웠다고 해도 전문적인 부서와는 좀 다르다.

그러니 확실하게 하기 위해서는 그들에게 물어보는 게 좋다.

"일단 우리 쪽 분석으로는, 피해자들에게 접근한 방식을 자원봉사라고 생각하고 있어요."

"네?"

전혀 생각지도 못한 방향으로 이야기가 나왔다.

자원봉사라니.

"일단 신분을 감추기가 가장 쉬워요. 그리고 자원봉사라는 특성상 선량한 이미지가 강하죠. 실제로 유명한 연쇄살인범들이 그걸 이용해서 희생자를 많이 골랐고요."

기본적으로 자원봉사를 하는 사람들은 선량한 사람들이

많다.

"그리고 선의로 만난 사람들이다 보니 상대방에 대해서도 마음을 쉽게 열어요. 시기도 대충 맞고요."

나이가 많다고 해도 문제 될 것은 없다.

"도리어 개인적으로 도움을 청하기 쉽지요."

나이가 지긋한 어른이 좋은 마음으로 사람들을 도와준다.

그리고 그에게 법률적 지식이 많다면, 세상 물정 모르는 사람이라면 당연하게도 도움을 요청하게 된다.

"자원봉사라……."

노형진은 눈을 찌푸렸다.

자원봉사는 공식적인 통계로 잡히지 않는다.

개별적으로 활동하고, 그 숫자도 어마어마하게 많기 때문이다.

"그리고 자원봉사를 하는데 신분증을 까지는 않잖아요?"

"그건 그렇지요."

그러니까 신분을 속이기도 쉽다.

"법률적 지식이 있으니 가짜 명함 하나 파서 변호사라고 하고 다녀도 되고."

"시기적으로도 맞는 것 같네요."

대략 6개월에 한 번. 그 시간 동안 친하게 지내면 대부분의 의심은 사라질 것이다.

"자원봉사 단체를 두어 개쯤 두면 사건 신고가 될 가능성도 없고."

1년에 한 번씩 실종자가 나오는 건데, 지속적으로 자원봉사를 하는 사람도 있지만 잠깐 다니다가 마는 사람도 있다.

"그리고 가족들이 실종 신고를 해도 접점이 없지."

노형진은 턱을 스윽 문질렀다.

확실히 치밀한 계획이다.

"뭐여, 씨벌? 그러면 그놈이 어디에 있는지도 모르는데 자원봉사 단체나 쫓아다녀야 한다는 거여?"

오광훈은 발끈했다.

"글쎄, 그건 무리일걸. 자원봉사 단체도 한두 개가 아니라서."

대상을 보육원으로 해야 할지 아니면 미혼모 시설로 해야 할지 또는 야학인지, 알 수가 없다.

동물을 대상으로 하는 자원봉사 단체도 있는 만큼 그들을 추적하는 건 불가능하다.

"그러면 어떻게 추적하지? 자원봉사자상이라도 받은 사람을 추적해야 하나?"

노형진은 고개를 좌우로 흔들었다.

"신분을 감추고 다녔는데 자원봉사자상 같은 거 받았겠냐?"

"그건 그렇지?"

오광훈은 머리를 긁적거렸다.

그 스스로 생각해도 터무니없는 계획이다.

"그 부분은 우리도 고민 좀 해 봐야겠어요. 마땅한 방법이 없네요."

김소라도 걱정스럽게 말하자 노형진이 피식 웃었다.

"세상은 불공평하지만, 공평한 것도 있지요."

"그게 무슨 말이죠?"

"시간을 추적하면 됩니다."

"시간요?"

"네. 생각해 보세요. 하루는 스물네 시간입니다. 직장에 다니면서 자원봉사를 한다면 결국 주말이라는 거죠."

다시 말하면 주말에 시간을 내기 힘든 사람을 찾으면 된다는 것이다.

"확실히 그러네요."

설사 걸린다고 해도, 자원봉사는 나쁜 짓이 아니다.

"그게 찾기 쉬울까?"

오광훈은 피식 웃었다.

"생각해 봐. 그런 사람이 한두 명이겠냐고. 그게 과연 찾기 쉽겠어?"

오광훈의 말에 노형진은 차분하게 말했다.

"생각보다 찾기 쉬울걸."

⚖️

"미친. 뭐 이리 찾기 쉬워?"

자원봉사를 다니는 검사.

그런 사람을 찾는 것은 너무 쉬웠다.

너무 쉬워서, 도대체 이게 조사가 맞는지 의심스러울 지경이었다.

"네가 몰라서 그래."

자원봉사를 다니는 검사는 극도로 적다.

그럴 수밖에 없다.

"전에 말했지만, 남들보다 위에 군림한다고 생각하는 게 검사들이라고."

자원봉사를 하는 사람들은 그런 생각을 하지 않는다.

자신이 사정이 좀 더 나을 뿐, 상대방을 자신과 같은 사람이라고 생각한다.

"그런데 검사가 그런 활동을 하는 게 쉬울 것 같아?"

"웃긴 일이네."

"그게 현실이다."

노형진은 그렇게 말하면서 웃고 있는 남자의 사진을 바라보았다.

너무 허무할 정도로 쉽게 흔적이 나타나 버린 사람.

"김후태. 현직 서울 동부 지검장."

인성도 좋기로 소문이 났고, 드러내지 않고 자원봉사를 한다는 소문도 많이 났다.

그래서 그를 추적하는 게 어렵지 않았다.

"자원봉사자라는 타이틀이 나쁘게 적용되지는 않으니까."

만일 범죄와 관련이 된다고 하더라도, 주변에서 나오는 증언은 그 사람이 그럴 사람은 아니라는 이야기뿐일 것이다.

그렇다 보니 많은 범죄자들이 자원봉사자의 가면을 쓴다.

"그런데 왜 저 인간이 빠진 거야?"

오광훈은 짜증스럽게 말했다.

새론에서는 자원봉사자라는 의심을 했다.

그런데 정작 특별 수사본부에서는 김후태에 관련된 수사 예정이 없었다.

"아마도 그 라인에서 빼거나 했겠지."

오광훈이 수사를 하던 시기, 김후태는 수사 대상에도 올라가지 않았다. 아마도 그 자원봉사를 많이 한다는 타이틀 때문에 '설마.'라고 생각했을 것이다.

경찰 소속 프로파일러들이 피해자들을 프로파일 했다면 알았을지 모르지만, 그러기에는 그들에게 쌓인 일이 너무나 많다.

"저 인간이 맞는다고 생각해?"

"그건 모르지."

자신이 접촉해서 기억이라도 읽고 싶지만, 김후태는 지금 잔뜩 곤두선 상태일 것이 뻔하다.

그런 상황에서 낯선 사람, 그것도 사건과 관련이 있던 노형진이 접근해서 질문을 던진다면 이상하게 생각할 것이다.

"다행히 접촉할 방법은 있어."

"어떻게?"

"자원봉사 말이야."

"응?"

"그가 일하는 자원봉사 단체는 네 곳이야."

"그곳에 피해자 사진을 들고 가서 캐물을까?"

"그랬다가 진짜로 김후태가 범인이면 어쩌려고?"

그랬다가는 다 틀어진다.

"다행히 한 곳이 이번 주에 자원봉사를 해."

"자원봉사?"

"그래, 달동네에 자원봉사를 하고 있어."

찬 바람이 몰아치는 한겨울.

새해가 시작된 지 얼마 안 된 시점.

추운 날씨는 가난한 사람에게는 청천벽력이나 마찬가지다.

특히 달동네에는 연탄으로 한겨울을 간신히 지내는 사람들 천지다.

"그곳에서 연탄을 나르는 자원봉사가 있어."

"그런데?"

"그곳으로 갈 거야. 그를 한번 만나 봐야지. 자원봉사를 하러 오는 사람을 의심하는 사람은 없으니까."

그건 김후태도 마찬가지다.

물론 노형진에게 사이코메트리 능력이 있다는 걸 모르는

오광훈은 고개를 갸웃했다. 이해가 가지 않았으니까.

만난다고 해서 그가 자수할 것도 아니고 말이다.

물론 노형진도 오광훈에게 자신의 능력을 알려 줄 생각은 없었다. 그리고 단순히 김후태의 기억을 자연스럽게 읽기 위해 가는 게 아니었다.

"그리고 그곳에 다른 피해자가 있을 가능성이 높지."

"아하!"

범인은 몇 달간 피해자를 살피며 인맥을 쌓은 뒤 그를 끌어내서 납치한다.

그리고 프로파일을 보면 피해자들은 상당히 오랜 기간 자원봉사를 하는 타입이다.

"즉, 그곳에도 피해자가 있을 것이다?"

"그렇겠지."

연탄을 나르는 자원봉사는 인력이 많이 필요한 일 중 하나다.

길게 줄을 서서 한 명씩 받아서 옮기는 형식을 취하기 때문이다. 그래서 그 자원봉사 단체에 속한 대부분의 사람들이 다 올 것이다.

"그중 친한 사람을 찾으면 되는 거지."

"올, 역시 노형진. 잔머리의 대마왕."

"어째 칭찬은 아닌 듯하다만."

노형진은 씩 웃었다.

"하지만 우리가 접근하면 기분이 좀 더러울 거야, 후후후."

주면 좀 처먹어라

　노형진은 자원봉사 단체에 가입하고 바로 자원봉사를 하러 갔다.

　물론 그 과정에서 자신의 이름을 가짜로 등록했다.

　"반갑습니다. 오늘부터 자원봉사를 하게 된 무진호라고 합니다."

　노형진은 고개를 숙이며 말했다.

　"반가워요. 안 그래도 힘 좋은 남자들이 부족했는데, 호호호."

　자원봉사 단체에 속한 아줌마들은 신나게 이야기하면서 노형진을 환영했다.

　"아이고, 훤칠하네. 우리 딸 신랑 삼으면 좋겠네."

　"무슨 소리야. 내 딸 신랑감이지."

졸지에 사윗감 1순위가 된 노형진은 어색하게 웃었다.

목적을 이루기 위해 오기는 했는데, 정작 타깃으로 접근하는 게 쉽지 않아 보였기 때문이다.

'이거 어떻게 접근하지?'

노형진은 힐끗 시선을 돌렸다.

좀 떨어진 곳에 있는 반백의 남자.

사람 좋은 미소를 지으며 목에는 수건까지 걸고 작업복도 챙겨 입은 인상 좋은 장년의 남자였다.

'김후태. 역시 사람 좋아 보이네.'

누가 저 사람을 지검장이라고 생각하겠는가?

사람 좋은 동네 아저씨라고 생각하지.

'그 내면이 어떤지는 모르겠지만.'

순수하게 자신을 감추고 자원봉사를 하는 사람이라면 존경받아 마땅하다.

하지만 자원봉사를 가면으로 쓰는 사람이라면 어느 누구보다 위험하다.

"왜? 저 아가씨가 마음에 들어?"

"네?"

노형진은 무슨 말인가 싶다가 아차 싶었다.

김후태의 앞에서 젊은 여자가 웃고 있었기 때문이다.

"하긴, 우리 청진이가 예쁘기는 허지."

"설마 청진이 따라서 가입한 건 아니제?"

"아니요. 처음 봤습니다."

노형진은 직감적으로 뭔가 있다는 사실을 느꼈다.

'청진이라…….'

웃고 있는 여자의 모습은 누가 봐도 아름다웠다.

연탄을 나르고 있어서 꼬질꼬질하고, 일에 대비해서 화장도 하지 않고 왔음에도 불구하고 말이다.

"청진이는 좀 오래 나오면 좋것는디."

"그러게 말이여."

"그게 무슨 말씀이세요?"

노형진은 아줌마들의 말에 고개를 갸웃하며 물었다.

"그게 말이여, 사내새끼들이 문제여. 자네도 조심하고."

"네?"

"아니, 그게 말이여, 예쁜 가시나가 들어오문 눈이 돌아가가지고."

이야기를 들어 보니 대충 상황이 이해가 갔다.

예쁜 여자가 들어오면 남자 자원봉사자들이 찝쩍거린다는 것이다.

그래서 그게 너무 과해지면 결국 연락을 끊고 자원봉사를 안 나온다는 것.

'그런 부분도 있겠군.'

노형진은 자신이 생각하지 못한 부분이 있다는 걸 인정할 수밖에 없었다.

'그러면 실종이 자연스럽게 보이지.'

그런 일이 한번 벌어지면, 다음번에 비슷한 상황이 벌어져도 또 같은 일이 벌어진 거라고 사람들은 생각할 테니까.

실제로 그런 일은 비일비재하다.

"저는 안 그래요. 이미 결혼했거든요."

"아이고메, 아까워 부러라."

"내 딸내미 소개시켜 주려 했는데."

노형진은 결혼을 했다고 하면서 손가락을 들어서 흔들어 보였다.

그러자 약지에서 빛나는 결혼반지.

최대한 의심을 피하기 위해 끼고 온 도금 반지였지만, 아줌마들은 안타까운 탄성을 내질렀다.

"그런데 저분은 누구신데요? 다른 분들하고 다르게 친하시네요."

"아, 박주태 씨 말이지? 저분 아니었으면 아마 주먹다짐이 좀 있었을 겨."

"네? 박주태 씨요?"

자신이 아는 이름과는 다른 이름이다.

다른 사람일까? 그럴 리 없다.

수백 번을 본 김후태의 얼굴이다.

"큰 어른이거든."

자꾸 비슷한 일이 벌어지자, 박주태가 새로 들어온 여성과

이것이법이다

친하게 지내면서 주변에서 알짱거리는 젊은 남자들을 쳐 내줬다는 것이다.

다행히도 그는 변호사여서, 쓸데없이 접근하면 스토커 혐의로 고발 넣을 수 있다고 진지하게 겁을 줘서 딴마음 먹고 오는 놈들을 쳐 낼 수 있었던 것.

"그렇군요."

노형진은 아줌마들의 말에 다시 시선을 박주태, 아니 김후태에게 돌렸다.

'어떻게 친해졌는지 그게 의문이었는데 말이지.'

대충 자원봉사로 친해진 건 알겠지만 믿음을 줄 정도로 친해지는 것은 쉬운 게 아니다.

하지만 그는 나이가 지긋한 남성이고, 스스로 나서서 주변에서 알짱거리는 젊은 남자들을 정리해 준다면 상대 입장에서는 어른인 그에게 기대게 되는 것이 심리다.

'더군다나 변호사라고 했단 말이지.'

그러니 법률적 문제가 생기면 도움을 줄 수 있고, 아직 어리고 세상 물정 모르는 20대 아가씨들에게는 그런 도움이 절실한 것이 사실이다.

당장 일하고 나서 돈도 못 받고 쫓겨나는 사람들도 많으니까.

'박주태라……. 어이가 없군.'

이름까지 바꾸고 접근했으니 주변에서 김후태에 대해 알리 없다.

"자, 다들 일을 시작하죠!"

자원봉사 단체의 사람이 소리 높여서 외쳤다.

배달을 해야 하는 집은 많고 연탄은 더 많다.

"오늘 중으로 끝내야 하지 않겠습니까?"

"예이."

사람들이 좁은 골목에 쭉 줄을 서기 시작하자 노형진은 슬쩍 움직여서 김후태의 옆에 섰다.

"허튼짓할 생각 말게."

"네? 아! 아닙니다."

공교롭게도 노형진의 옆에는 아까 그 아가씨가 있었다.

아마도 보호받는 상황이니 가까이 있고 싶었던 모양이다.

'심리에 대해 잘 아는군.'

노형진은 김후태의 말에 속으로 입맛을 다셨다.

이런 식으로 챙기면 자신에 대해 전혀 의심하지 않을 테니 나중에 불러내기도 쉬울 것이다.

"전 이미 결혼했습니다."

노형진은 손에 낀 반지를 흔들어 보였다.

'천운이었군.'

그냥 신분을 감추려고 끼고 온 반지 덕분에 의심을 피할 수 있었던 것.

그러자 김후태가 기묘한 웃음을 띠었다.

마치 '남자란 족속들은 결혼했다고 해도 믿을 수가 없단 말이지.'라고 말하듯이.

노형진은 모른 척하며 속으로 미소 지었다.

'믿을 수 없는 건 너겠지.'

그가 피해자를 보호하기 위해 친하게 지낸다?

아니다.

자신의 먹잇감에 다른 파리가 꼬이는 게 싫은 것뿐이다.

당장 그런 말을 하자 여자는 노형진과 살짝 거리를 두고 싶어 하는 눈치였다.

"그럴 일 없습니다."

노형진은 그렇게 말하면서 연탄을 넘겼다.

그리고 그걸 받아서 넘기는 김후태.

'기억을 읽으면 좋겠는데.'

그러기에는 연탄을 나르는 상황이라는 것이 영 좋지 않았다.

장갑을 낀 채 연탄을 나르고 있다.

그렇다 보니 기억을 읽는 게 쉽지가 않았다.

"그러면 다행이고."

노형진이 좀 공격적으로 나가자 더 이상 분란을 일으키기 싫었는지 슬쩍 뒤로 물러나는 김후태.

노형진은 그런 그를 좀 더 흔들어 보기로 했다.

"그런데 어디서 만난 적이 있었나요?"

"나를 말인가?"

움찔하는 김후태.

"네. 변호사라고 하시던데요."

"그런데?"

"그런데 제가 뵌 기억이 있는 것 같아서요."

"자네 직업이 뭔데?"

"검찰 수사관입니다만."

김후태는 움찔했다.

그럴 수밖에 없는 게, 까딱 잘못하면 자신의 신분이 드러나니까.

"글쎄. 일 때문에 자주 들락날락하니까, 뭐."

그러면서 시선을 돌리는 김후태.

"그럴 수도 있지만, 고작 그걸 가지고 제가 알아볼 수 있을 것 같지는 않은데요."

노형진이 슬쩍 시선을 맞추려고 하자 갑자기 그가 자리를 이탈했다.

"어디 가세요?"

"아니, 난 갑자기 일이 생겨서, 하하하. 여보세요?"

은근슬쩍 통화를 하는 척하면서 멀어지는 김후태를 보면서 노형진은 피식 웃었다.

'켕기는 게 있는 거군.'

만일 켕기는 게 없다면 이렇게 자리를 피할 이유는 없다.

검사로서 자원봉사를 하는 것이 문제 될 것은 전혀 없으니까.

그런데 그는 자리를 피했다.

이것이 법이다

즉, 걸려서는 안 되는 이유가 있다는 소리다.

"어디 가세요?"

"아니, 난 잠깐."

슬쩍 자리를 피하려고 하는 김후태.

그는 다른 사람들이 뭐라고 하기도 전에 자리를 피했다.

노형진이 자신을 뚫어지게 바라보고 있기 때문이다.

"아니, 왜 그라?"

"뭔 일이에요?"

김후태가 사라지자 사람들의 시선은 노형진에게로 향했다.

해명을 원하는 표정이었다.

그런 그들의 얼굴을 보던 노형진의 머릿속에 순간적으로 좋은 작전이 생각났다.

'과연 뭐라고 할까? 후후후.'

노형진은 눈을 반짝거렸다.

⚖

얼마 후, 오광훈이 멋지게 차에서 내리면서 모습을 드러냈다.

그러고는 자원봉사를 관리하는 봉사 단체 관계자에게 다가갔다.

"오광훈 검사라고 합니다."

"네?"

단체장은 당황해서 그를 바라보았다.

자원봉사를 하고 있는데 갑자기 검사가 나타난 이유가 이해가 가지 않았기 때문이다.

"아까부터 무슨 일이야, 진짜."

"아까?"

"아까 자원봉사자 한 분이 갑자기 자리를 비워서요."

한 명 비는 거야 문제가 안 된다지만, 평소에 안 그러던 사람인지라 영 꺼림칙했다.

오광훈은 그런 그를 보면서 신분증을 내밀었다.

"아까 그분 때문에 말입니다. 수상하다는 신고가 들어와서요."

"수상해요? 그분은 변호사예요."

"그래요? 신분증 확인했습니까?"

"그건 아니지만……."

자원봉사를 하는데 신분증을 확인할 필요는 없으니까.

"하지만 그 사람 수상하다고 하던데요?"

"아니, 누가요?"

"제 수사관이요."

"수사관?"

노형진은 그때쯤 해서 슬쩍 두 사람 사이에 끼어들었다.

"이 사람입니다."

"아…… 당신은……."

노형진이 다가오자 담당자는 눈을 찌푸렸다.

새로 온 사람과 오래된 사람 사이의 작은 다툼 정도로 생각했기 때문이다.

하지만 말이 길어질수록 그의 표정은 점점 어두워졌다.

'기승전결이 아니라 결부터 던지고 보자.'

노형진의 작전은 그랬다.

일단 문제점부터 던지고 그걸 파고들면, 그 과정이 명확하지 않으면 뭐든 다 의심하는 것이 바로 인간이다.

"이번에 연쇄살인 사건 아시죠?"

"네? 아, 네. 그건 알죠."

"그 피해자들이 자원봉사를 하던 사람들이라는 믿을 만한 제보가 있어서요."

"제보요?"

"네, 그래서 확인차 왔습니다. 피해자들 중 일부가 자원봉사를 하던 흔적이 발견되어서요."

담당자는 그대로 얼어붙었다.

"그걸…… 왜…… 이제야……."

"특정된 게 아니니까요. 그리고 그게 발표되면 무슨 일이 터질 것 같습니까?"

"아아아……."

분명히 자원봉사 자체가 움츠러들 것이다.

최소한 범인을 잡을 때까지는 하려고 하는 사람이 줄어들 테고, 그게 복구되려면 최소 1년 이상은 걸릴 것이다.

"자원봉사에 기대어 살고 있는 사람들에게는 심각한 문제죠."

당장 이곳에 사는 노인들만 해도, 이들이 지급하는 연탄이 없으면 겨울을 제대로 날 수가 없다.

물론 주문해서 가져다 달라고 할 수도 있지만, 현대의 인건비는 어마어마하다.

만일 인건비까지 따져서 그걸 주려고 하면 연탄의 지급량은 최소한 5분의 1 이하로 떨어질 테고, 노인들의 경우는 그러면 얼어 죽을 수도 있다.

"그래서 제가 휘하의 수사관들을 몇 곳에 투입했습니다."

노형진을 바라보면서 말하는 오광훈.

노형진은 고개를 끄덕거렸다.

"그럴 리가요. 그분은 변호사라고 하던데."

말을 하는 담당자는 덜덜 떨고 있었지만 그래도 의심의 눈초리는 버리지 않았다.

"그러면 이들 중 아는 분이 있는지 확인해 주실 수 있겠어요?"

오광훈은 미리 준비한 실종자 사진을 내밀었다.

그걸 본 담당자의 눈동자가 격하게 떨리기 시작했다.

"어어?"

"아시는 사람이 있나요?"

"세 사람 정도……."

노형진은 속으로 주먹을 불끈 쥐었다.

'나이스.'

살짝 흔들자 켕겨서 도망간 김후태.

그 덕분에 살짝 흔드는 것만으로도 사람들의 의심을 불러일으킬 수 있었다.

"누구죠?"

오광훈의 말에 사진에서 세 사람을 골라내는 담당자.

"열심히 자원봉사 하러 다니던 분들이에요."

하지만 어느 순간 갑자기 나오지 않아서, 다른 사람들처럼 자원봉사에 대한 관심이 끊어졌다고 생각했다.

'그게 자원봉사 단체의 방식이니까.'

강제가 아니라 자발적으로 하는 방식.

그래서 어느 순간 연락이 끊겨도 단체에서 굳이 전화하거나 찾지는 않는다.

'가족들이 실종 신고를 해도 연관점이 없으면 수사가 안 되니까.'

그리고 대부분의 수사관들은 자원봉사에 대해서는 별로 의심을 하지 않는다.

설사 의심을 했다고 해도, 다른 실종자가 더 있으리라는 의심까지는 가지 않는다.

'빨라야 6개월에 한 번씩 발생하는 실종이니까.'

그런데 김후태가 다닌 자원봉사 단체는 이곳만이 아니다.

그러니 길면 2년에 한 번 실종자가 생기니 경찰이 의심을 할 이유가 없다.

"역시나 그렇군요."

그러나 아예 인식하지 못하는 것과 인식을 한 이후는 다르다.

"그러면 이걸 여기다가 신고해 주세요. 아, 죄송합니다만, 우리 이야기는 빼고 해 주셨으면 합니다만."

"네?"

담당자는 당혹했다.

검사가 직접 찾아와서, 자신을 빼고 다른 검찰에 조사를 부탁하라고 하다니?

"우리는 별도 조직으로 조사 중입니다. 나중에 언론을 보시면 알겠습니다만."

오광훈은 노형진이 말해 준 대로 설명했고, 담당자는 고개를 끄덕거렸다.

"그러면 알겠습니다. 경찰에 가서 실종자 중 세 명이 우리 자원봉사 단체에서 일하던 사람이라고 말하라는 거죠?"

"더 있을 수도 있다면 더 말하셔도 됩니다."

"아마도 더 있을 겁니다."

담당자는 힘없는 목소리로 대답하면서 고개를 숙였다.

그가 이곳을 담당한 지 4년이 좀 넘었다.

그리고 살인은 벌써 수십 년 동안 계속되어 왔다.

"오래 자원봉사 한 분들에게 여쭤볼게요. 전임자분에게도 연락을 해 보고."

이것이법이다

"네, 감사드립니다."

오광훈이 노형진과 함께 뒤로 물러난 후, 그는 힘없이 터벅터벅 그곳을 떠났다.

하긴, 믿었던 사람이 살인범일지도 모른다는 사실이 얼마나 충격적이겠는가?

"이걸로 된 거야? 이제 수사를 제대로 할까?"

"그럴 리가."

노형진은 어깨를 으쓱했다.

"정보를 주기는 했지. 하지만 방향만 잡아 준 거야."

"그런데 차라리 그 인간이 검사라는 사실을 말해 주면 되는 거 아니야?"

"아니. 그러면 우리가 전면에 나선 게 드러날 테니까."

하지만 자신들을 빼고 이야기하면 드러나지 않는다.

검사인 걸 알 필요는 없으니까.

"그러면 김후태 그 새끼가 잡히는 건가?"

"글쎄."

노형진은 어깨를 으쓱했다.

잡힐까?

아마도 언젠가는, 잡힐 것이다.

"하지만 그사이에 도망치거나 할 수도 있겠지."

"그러면 괜히 남 좋은 일만 시키는 거 아니야?"

노형진은 피식 웃었다.

"그럴 일은 없어, 절대로."

"절대 그런 일 없습니다."

"없다고? 그러면 뭔데, 이 새끼야!"

대검찰청에까지 불려 온 동부 지검장 김후태는 지금 가루가 되도록 까이고 있었다.

"네가 수상하다고 신고가 들어왔어!"

아무리 검찰과 경찰이 무능하다고 하지만 뻔하게 알고 있는 사람을 특정하는 게 어렵지는 않았다.

그는 걸리지 않게 핸드폰과 주소를 가짜로 하여 명함을 만들었지만, 그사이에 사진 한 장 찍히지 않을 수는 없었으니까.

"아니, 그건 제가 몰래 자원봉사를 하려고 해서……."

"이 새끼야! 자원봉사를 몰래 하는 새끼가 대포폰에 가짜 명함까지 만들고 다녀!"

김후태는 진땀을 흘리며 변명했다.

"죄송합니다. 일을 키우지 않으려고 하다 보니……."

"이런 개자식! 너 이런 상황에 눈이 삐었냐? 어? 실제로 실종자가 다섯 명이라고 하잖아!"

"그건……."

"다른 자원봉사 단체 이름 다 보고해! 알았냐! 알았냐고!"

"네……"

검찰청장의 말에 김후태는 고개를 푹 숙이고 나왔다.

그러고는 이를 악물었다.

"씨팔."

만일 자원봉사 한 기록을 건네면 자신은 빼도 박도 못한다.

연쇄살인범에게 가장 중요한 특정성이 성립될 테니까.

주기적으로 각 자원봉사 단체에서 실종자가 있었다는 걸 알게 되면, 아무리 미쳤다고 해도 그를 도와주려고 하는 사람은 없을 것이다.

"어떻게 된 거야, 이거?"

사건 자체는 이미 수십 년 전에 잊혔다. 지금까지 단 한 번도 의심받은 적도 없고, 이상한 낌새도 없었다.

그런데 갑자기 콜드 케이스가 터져 나오더니 자신의 사건에까지 피해가 왔다.

"망할 오광훈 개자식."

그 녀석이 과거의 사건을 뒤지다가 해결한 사건 때문에 여기까지 온 것이다.

"염병. 이거 어쩌지?"

물론 가짜로 자원봉사 단체를 적어서 낼 수는 있다.

하지만 검찰도 바보는 아니니, 명단을 받으면 직접 그곳에 찾아가서 자신의 사진을 보여 주며 진실 여부를 조사할 것이다.

"그나마 다행인 건 오광훈 그 새끼가 전혀 엉뚱한 곳에서

삽질하고 있다는 건데.”

사건 자체를 발굴해 낸 것이 오광훈이었기 때문에 그는 오광훈을 주의해서 바라보고 있었는데, 뜬금없이 여수에서 범죄 집단의 흔적이 발견되었다며 그쪽으로 날아가 버렸다.

“처음 그 이상한 새끼가 왔을 때 차라리 버티고 있었어야 했는데. 염병, 씨발.”

그 자리에서 차라리 검사인데 몰래 자원봉사를 하느라고 그랬다고 했다면 문제가 되지 않았을 것이다.

하지만 안 그래도 수사가 계속되고 있어서 찜찜한 마음에 자리를 피했더니, 생각지도 못한 방향으로 일이 터지고 말았다.

단순한 실수였지만, 노형진이 그 실수를 물어뜯을 거라고는 생각도 못 했던 것이다.

“젠장.”

사실 그가 처음부터 살인자였던 것은 아니었다.

우연한 기회에 주식환이 살인을 하고 있다는 사실을 알았다.

처음에는 잡으려고 했다.

하지만 그의 진술을 들으면서, 마음속 깊은 곳에서 악마가 깨어났다.

모든 걸 쥐고 있는 존재, 생사여탈권을 가지고 있는 존재.

그런 존재가 된 느낌이라는 말에, 그는 그런 느낌을 직접 느껴 보고 싶어졌다.

미친 소리였다.

하지만 그는 흔들렸다.

그가 검사가 된 시절은 말 그대로 검사가 무소불위의 권력을 휘두르던 시기였다.

검사라는 말 한마디에 누구나 기었다.

힘든 경제 사정 때문에 조금만 조사를 한다고 해도 은행에서는 대출을 환수해서, 그의 앞에서는 누구나 바닥을 기었다.

사건이 넘쳤기에 그에게 살려 달라고, 억울하다고 비는 사람도 넘쳤다.

그리고 그런 그들을 보면서 김후태는 자신이 전지전능하다고, 누구보다 위에 있다고 생각했다.

'젠장! 젠장! 젠장!'

그런데 그게 아니었다.

그보다 위에 있는 존재가 있었다.

김후태에게 살려 달라 하는 건 그저 감옥에 가기 싫다는 것이었지만, 주식환에게 살려 달라고 하는 것은 진짜 목숨이 달려 있는 일이었다.

그 전지전능함을, 김후태는 느끼고 싶었다.

주식환은 그런 낌새를 눈치채고 마치 악마처럼 살살 유혹했고 결국 김후태는 무너졌다.

그리고 주식환이 잡히지 않도록 정보를 흘려 주면서 그에게서 많은 것을 배웠다.

'그 멍청한 새끼가 잡히지만 않았어도.'

멍청하게 트렁크에 시체를 싣고 가다가 걸린 주식환.

다행히 주식환은 죽는 그 순간까지 그에 대해 한마디도 하지 않았다.

그리고 죽기 직전 마지막으로 남긴 유언.

−내 모든 것을 이어받을 사람은 이미 존재한다.

그게 무슨 말인지 다른 사람들은 몰랐지만 그는 알았다.

'모든 것'을 받았으니까.

그런데 그 사건이 이제 와서 발목을 붙잡고 있다.

"그래, 좋게 생각하자. 특정할 수만 없으면 되는 거야. 특정할 수만 없으면."

법 위에 있는 자신이다.

누구보다 자신이 있고, 전지전능하다.

김후태는 살아남을 자신이 있었다.

"난 살아남는다. 난 누구보다 더 뛰어난 사람이니까. 누구보다 더."

그의 눈에서는 욕망이 넘실거렸다.

⚖️

"뭐라고요?"

노형진은 사건이 그냥 진행될 거라 생각했다.

특정을 못 하는 검찰에게 특정해 줬으니 그걸 수사하면 되니까.

그런데 생각지도 못한 문제가 생겼다.

"정치권에서 김후태에 대한 비호가 너무 심해."

"미친 거 아닙니까? 연쇄살인범입니다."

"증거가 없지 않나? 좋게 말해서 합리적 의심이고 법정증거주의지, 대놓고 말하면 확실한 증거 없으면 기소는커녕 발표도 하지 말라고 하네."

"언제부터 검찰이 법정증거주의랑 합리적 의심을 존중했다고."

오광훈이 코웃음을 치면서 말하자 지검장은 눈을 부릅떴다.

하지만 이내 한숨을 쉬었다.

그의 말대로 검찰이 가장 법을 안 지키는 조직 중 하나니까.

"아니, 떠먹여 줘도 그것도 못 먹습니까?"

의심이 되는 사람을 지정해 줬고 접점도 찾아 줬다.

사실상 변호사인 노형진 입장에서는 충분히 해 준 거다.

"나라고 안 답답하겠나?"

"끄응."

원래 계획은 오광훈을 이용해서 추적하는 것이었다.

하지만 만나러 가자마자 이상행동을 한 김후태 덕분에 노형진은 그를 자연스럽게 특정할 수 있었고 그걸 검찰에 넘겨졌다.

"이런 말 하면 미안하지만, 지검장쯤 되면 정치권에 선이 없을 수가 없네."

"무슨 뜻인지 알겠습니다."

하물며 서울의 지방검찰청 지검장이라면 추후 검찰총장까지 노릴 수 있는 자리다.

그 자리를 자기 계열이 아닌 다른 사람에게 줄 리는 없다.

"도대체 누구 계열인데요?"

"조교연 계열이네."

"조교연? 현 여당 대변인요?"

"그래."

"돌겠네."

현직 대통령은 당선 후 당을 배신하고 다른 당으로 입당했다.

정확하게 말하면 원래 스파이였다.

그래서 여당과 야당이 바뀌었는데, 그 안에서도 쉽지 않은 대상이었다.

"대변인이 뭐 어때서? 까면 되는 거지."

"대변인이 말만 잘하면 되는 자리인 줄 아냐?"

대변인은 당대표와는 다른 의미에서 당을 대표하는 자리다.

그 말은, 당의 발표가 그를 통해 이루어지며 사람들이 그를 계속 인식하게 된다는 뜻이다.

"선거의 특성상 지명도가 바로 당선으로 넘어가는 경우가 많으니까."

"그게 뭐야?"

"대변인이 되어서 얼굴을 판다는 것 자체가 당에서 주류, 그것도 핵심이라는 거야."

어지간한 사람에게 그 자리를 주지는 않으니까.

그리고 대변인의 자리를 거친 사람 중에는 당 총재를 거쳐서 대통령이라는 자리를 꿈꾸는 이들도 많다.

그만큼 얼굴이 드러나니까.

"살인범이나 지켜 주고, 잘하는 짓이다."

"살인범이라는 증거가 없으니까. 인간은 부정하고 싶은 것에 더 매달리는 성향이 강하거든."

노형진은 짜증 난다는 듯 말했다.

당장 의심스러운 정황이 맞다.

극비리에 경찰 내부에서 판단한 프로파일링에 따르면 딱 맞는 대상이기도 하다.

"하지만 결국 문제는 증거지."

프로파일링은 범인을 추적할 때 도움을 줄지언정 법정에서 인정되는 것은 아니다.

즉, 상대방을 옭아매기 위해선 증거가 필요하다는 거다.

"그 증거가 없다는 게 문제야."

노형진은 머리를 긁적거렸다.

"그리고 아예 증거가 없는 상황에서, 정치인들은 부담이 클 수밖에 없지."

자신의 라인에 있던 사람이 연쇄살인범이다.

그건 정치인에게는 어마어마한 부담이 된다.

"이런 경우, 상황은 뻔해."

김후태는 전화해서 나는 억울하다고 주장했을 테고, 우리나라 정치인들의 성향을 생각하면 '엄중하게 조사받고 그 무죄를 증명하세요.'라고 하는 대신에 '그가 살인범이 아닐 겁니다.'라는, 사실상의 가이드라인을 내려보냈을 것이다.

"그리고 검찰이나 경찰이 그걸 뒤집기 위해서는 확실한 증거가 필요하거든."

이미 정해진 가이드라인을 뒤집기 위해서는 진짜 확실한 증거가 필요하다.

"그런데 내가 알기로는 확실한 증거가 없을 거야. 그렇죠?"

"맞네. 사실 있다면 그게 더 이상한 거지."

살인범이 사건을 조사하는 검사다.

수사 방식이나 조사하는 모든 것에 대해 다 아는 인간이다.

그러니 증거를 남겼을 리 없다.

피해자도 그냥 납치한 게 아니라 의심을 사지 않도록 오랜 시간을 들여서 납치했다.

"그러니 증거가 없을 거야."

그러니 검찰이고 경찰이고 사건을 뒤집을 수는 없고, 결과적으로 그는 풀려날 것이다.

"사실 나도 이 문제로 곤란하네."

"네? 그게 무슨 말씀이신지?"

"그게 말이야, 이 사건을 캔 것이 나 아닌가?"

"설마?"

"파벌이 좀 다르지."

"끄응……."

파벌이 좀 다르다.

그리고 이런 경우 문제가 되는 게, 김후태의 파벌은 김후태가 몰락하면 같이 몰락하기 때문에 똘똘 뭉칠 수밖에 없다.

그가 체포되어 입을 열면 자신들이 줄줄이 날아갈 테니까.

"나는 그러지 못하지."

그 파벌에서는 중앙 지검 지검장의 파벌에 항의를 하고 있고, 이쪽 파벌에서는 그를 보호할 생각이 없어 보였다.

그럴 수밖에 없는 게, 그들 입장에서는 고작 지검장 하나를 보호하기 위해 주류 파벌과 척지고 싶지는 않을 테니까.

"그리고 그런 경우 대부분은 먼저 시작한 사람이 청산되는 걸로 끝나지."

중앙 지검의 장이 청산된다고 해도 결국 범죄를 저지른 게 아니라서 은퇴 정도에서 끝날 테니, 그런 그가 목숨 걸고 싸울 이유가 없다.

"결과적으로 범죄자 쪽이 더 강한 힘을 가지는 거지. 지금 상황에서 이쪽 파벌이 상황을 해결하려고 한다면 지검장님을 자르고 그 자리에 자기네 사람들을 다시 넣는 게 최선이 지. 안 그렇습니까, 지검장님?"

중앙 지검 지검장은 씁쓸한 미소를 지었다.

"악은 부지런하다고 하지 않나?"

"후우."

노형진은 머리를 긁적거렸다.

명확한 증거가 없다는 것 때문에 여러모로 복잡해졌다.

"유전자도 없고 떨어진 물품도 없네. 그 시기에 동선을 증 명할 방법도 없고."

"결국 무혐의로 끝나겠네요."

최소한 증거 불충분만 되어도 지검장으로서 날려 버릴 수 도 있겠지만, 그들의 힘을 생각하면 결론은 무혐의다.

"뭐야? 그러면 우리가 뭐 한 거야? 뻘짓 한 거야?"

"뻘짓은 아니지만."

노형진은 머리를 긁적거렸다.

"기분 나쁘기는 하지만, 어찌 되었건 법정증거주의는 지 켜져야 해."

백 명의 범인을 풀어 주더라도 한 명의 피해자를 만들어서 는 안 된다는 논리.

그것만 보면 사람들은 말도 안 된다고 생각할 것이다.

하지만 권력의 속성을 생각하면, 절대로 인정되어서는 안 된다.

사실 사회상을 제대로 표현하는 걸로 저 속담을 바꾼다면 '한 명을 위해 백 명의 피해자를 만든다.'가 될 것이다.

"그 이후에 의심스러운 자를 추적하면서 조사하는 건 경찰과 검찰의 영역이지."

"그렇다고 해도 너무 심각한 건수인데."

"그러게."

아마도 김후태는 증거가 없다는 것을 알 것이다.

아니, 알 수밖에 없다.

모든 수사 자료가 넘어갔을 테니까.

그리고 그걸 기반으로 정치인들을 설득했을 테고.

"증거를 찾았다고 구라 치는 건 어때?"

"그건 힘들어."

노형진은 고개를 흔들었다.

"일반 범죄자라면 가능하겠지."

하지만 일반 범죄자가 아니다.

거짓말을 할 사람은 오광훈일 수밖에 없는데, 그가 말을 하는 순간 특검에서는 증거를 제출하라는 명령이 나올 테니 아무리 엇나가는 오광훈이라고 할지라도 거부할 수는 없다.

명백한 배임 행위니까.

"그리고 제출하든 안 하든 그 자료는 넘어가게 되어 있지."

"와, 상황 더럽네?"

"그러게."

노형진은 머리를 긁적거렸다.

'CCTV? 그건 무리야.'

6개월이면 기록은 삭제된다. 그러니 연쇄살인을 입증할 수 있는 방법이 없다.

'피해자가 살아 있다는 거짓말도 불가능해.'

그랬다면 벌써 몇 번이나 신고가 들어왔을 테니까.

'증거라……'

결국 증거를 건지지 못하면 처벌은 불가능하다.

'끄응, 내가 검사도 아닌데 뭐 하는 짓이야.'

노형진은 그러면서 오광훈을 힐끗 보았다.

그러나 이내 고개를 흔들었다.

'그래, 내가 아니면 누가 하겠냐?'

검찰 스스로에게 자정을 해 달라고 해 봐야 바뀌는 것은 없다.

국가의 가장 거대한 권력기관 중 한 곳이 스스로 깨끗하게 한다는 것은 로또를 맞는 것만큼이나 힘든 일이다.

"범죄를 저지르게 하는 건 불가능하겠나?"

"불가능할 겁니다. 그도 바보는 아니니까요. 최소한 3년은 아무것도 안 하고 눈치만 볼 겁니다."

그는 인내심이 강한 인간이다.

실제로 주기적으로 살인하던 인간들이 몇 년간 잠수를 타는 경우도 엄청나게 많다.

"그 뭐냐, 그 트로피? 그런 건 없을까?"

"그런 게 있으면 좋겠지만 말이지, 아마도 그런 건 없을 거야."

상대방의 생사여탈권을 쥐고 그걸 휘두르면서 즐거움을 느끼는 살인범이다.

그런 타입은 그 순간이 중요하니 트로피를 모을 가능성은 낮다.

'검사라는 특성상 트로피의 위험성에 대해 무척이나 잘 알고 있을 테니까.'

그러니 그걸 모으고 있지 않을 가능성도 크다.

어찌 되었건 20년 이상 지속된 살인이다.

쉽게 꼬투리를 잡힐 리 없다.

'땅도 국가 땅이고, 정작 김후태와 주식환의 접점은 없어. 기록을 찾아보면 과거에야 있었겠지만 수십 년 전 기록을 가지고 공범이라고 할 수도 없는 노릇이고.'

남아 있는 기록이라고 해도 결국 김후태가 주식환을 처벌하거나 한 것일 텐데, 그걸 가지고 공범이라고 주장해 봐야 개소리나 마찬가지다.

"와, 심증은 있지만 물증은 없다는 게 이런 경우인가. 미치고 환장하겠네."

오광훈은 답답한 듯 가슴을 탕탕 두들겼다.

"그냥 담가 버릴 수도 없고."

"오 검사, 그런 소리 하지 말게."

지검장이 한 소리 하는 그때, 노형진은 갑자기 좋은 생각이 떠올랐다.

자신이 사건을 해결하고, 오랜 시간이 지난 후에 만난 의뢰인의 가족들.

그들은 여전히 피해자였던 아들을 추억하고 또한 기억하고 있었다.

그와 관련된 하나하나를 소중하게 여겼다.

"피해자들의 신분은 드러난 상황이죠?"

"대부분은 그렇지."

"그러면 피해자들의 물품을 확인해 보셨습니까?"

"아니, 그런 게 있을 리 없지 않나?"

"아니요. 있습니다."

검사들은 사건이 해결된 후에 피해자들의 물품을 본 적이 없으니까.

피해자들의 유가족을 만날 일이 없으니까 잘 모를 것이다.

"많은 유가족들이 피해자들의 물품을 버리지 못하죠."

대개 사진 같은 것은 그대로 보관하고, 어떤 가족들은 사망자의 방을 마치 살아 있을 때처럼 그대로 두기도 한다.

사망자의 물건 하나하나가 의미가 되기 때문이다.

"그 안에 김후태와 관련된 증거가 있을지도 모릅니다. 전화번호나 사진 같은 거요. 오랫동안 접촉했다면 그런 게 남아 있을 가능성은 충분합니다. 사망자들과의 접점이 언론에 나가면, 아무리 검찰이라고 해도 더는 막지 못할 겁니다."

"피해자들이 남긴 물건이라······."

당장 증거만으로 찾아보면 아무것도 없다.

하지만 접점이 많아질수록 김후태가 벗어날 수 있는 방법은 더 줄어들 것이다.

"오 검사, 당장 유가족들에게 연락을 해 보게. 뭐든 좋아. 사진이든 핸드폰이든, 뭐든 말일세."

검사이기에 피해자들의 유가족을 이해하지 못할 것이다.

그리고 그게 그의 패인이 될 것이다.

노형진은 그걸 확신했다.

⚖️

"이렇게 많다고?"

의외로 관련된 기록은 많았다.

서른 명이 넘는 피해자 유가족들 중에서 많은 이들이 거의 대부분의 기록을 가지고 있었다.

"아마 검사들은 유가족들의 이런 심정을 잘 모를 거야."

그들은 범인만 만날 뿐 피해자는 만날 일이 거의 없으니까.

입으로는 그 마음 이해한다고 말하지만, 실제로 그걸 이해하는 사람들은 거의 없는 게 현재의 법이다.

"한국에서 법과 국민은 상당히 거리가 있지. 그래서 말도 안 되는 이상한 판결이 나오는 거고."

노형진은 피해자 중 한 명의 사진첩을 뒤적거리며 말했다.

"평생을 사람들과 접촉하지 않고 국영수만 파던 사람들이 판검사가 되는 현 구조의 문제점이지."

"쩝."

"그리고 사망자라면 차라리 아예 포기하는 경우도 많아. 하지만 실종자들은 포기가 쉽지 않지."

시신이 발견되었다면, 죽은 게 확인되었다면 포기하고 남은 걸 태울 수도 있었을 것이다.

하지만 이 사건에서 피해자들은 모조리 실종 처리되었다.

"실종되었다는 것. 그건 잔인한 희망 고문이거든."

혹시나 돌아올지도 모른다는 작은 희망.

그 희망에 피해자 가족들은 매달린다.

피해자의 물건을 버리면 혹시나 부정 탈까 봐, 혹시나 돌아오지 못할까 봐, 그들은 10년이고 20년이고 빈방을 바라보며 돌아오기를 하늘에 기도한다.

"그런 거에 대해 말하는 검사 봤냐?"

"못 봤지."

오광훈은 안타깝다는 듯 말했다.

검사에게 사건이란 그냥 범인을 잡아서 감옥에 넣으면 끝나는 일이다. 피해자까지 보살피는 검사나 판사는 없다.

이것이법이다

"그러니 이런 걸 잘 모르지."

6개월간 공을 들여서 안전한 장소에서 몰래 납치하는 것은 가능할 것이다.

하지만 또한 그 6개월은 접점의 증거가 생기기 충분한 시간이다.

"어?"

한참 뒤적거리던 오광훈의 눈에서 불이 켜졌다.

앨범에 꽂혀 있는 사진.

시커먼 연탄이 묻어 있는 사람들을 찍은 사진이었다.

"여기 이 인간, 김후태 아냐?"

"어디 봐 봐."

노형진은 사진을 확인했다. 그리고 확신했다.

훨씬 젊기는 하지만 김후태였다.

그는 피해자의 뒤에서 친밀한 모습으로 사진에 찍혀 있었다.

"기념사진이군."

자원봉사를 하고 나서 기념사진을 찍는 것은 보통 자연스러운 과정이다. 딱히 거기서 나는 사진을 못 찍는다고 빼는 것도 이상한 일이고.

'접점을 찾을 수 없을 거라고 생각했으니 당연히 이런 게 세상에 나올 거라고는 생각도 못 했겠지.'

사진뿐만이 아니었다.

전원이 꺼져 있던 핸드폰을 충전하고 배터리를 넣자 김후태, 아니 박주태라는 사람의 전화번호도 있었다.

"빙고."

벌써 네 번째 자료다.

다른 피해자들의 집에서도 조금씩 박주태라는 존재가 드러나고 있었다.

"아니, 사진에 별로 신경을 안 쓰다니 의외네."

"시대가 바뀌었으니까."

지금이야 사진 한 장 잘못 찍으면 인터넷에 쫘악 돌고 개나 소나 다 보는 시절이다.

"하지만 이 시절에는 그런 게 없었거든."

사진은 오로지 사진기로만 찍을 수 있었고, 그나마도 인터넷에 올리는 게 아니라 현상을 해서 개개인에게 지급해야 했다.

"그러니 그걸 누군가 비교하면서 자신을 찾을 거라 생각하지 못한 거지."

노형진은 지금보다 훨씬 젊어 보이는 김후태의 얼굴을 보면서 미소 지었다.

"하지만 이게 증거가 되지는 못하잖아."

결국 이것도 정황증거일 뿐이다.

"정황증거일 뿐이지. 하지만 우리에게는 아직 재판이 하나 더 남아 있으니까."

오광훈은 어리둥절했다.

그가 아는 한 재판은 3심뿐이다.

그리고 아직 사건의 수사도 끝나지 않았다.

"뭔 재판이 있다고?"

"인민재판."

노형진은 씩 웃었다.

⚖

노형진은 기자들에게 연락을 했다.

물론 그런다고 해서 사건이 뒤집어질 거라는 생각을 한 것은 아니다.

거기에다가 범인이 특정되지도 않았는데 누가 범인이라고 말한다고 한들, 그 대상이 현직 서울 동부 지검장이라는 특성상 진실을 말할 곳은 없었다.

만일 아니라면 언론의 입장에서는 타격이 크기 때문이다.

하지만 아 다르고 어 다른 게 언론이라는 것을 노형진은 알고 있었다.

"개당 5천만 원만 주시면 제가 관련 자료를 드리겠습니다. 총 1억이면 대한민국을 흔들 수 있는 사건의 자료를 독점으로 가지실 수 있다는 이야기죠."

노형진은 전화를 걸면서도 느긋했다. 그럴 수밖에 없는 게, 핸드폰은 대포폰이고 목소리 변조기까지 사용했기 때문이다.

누군가 추적해 온다고 해도 자신을 특정할 수 없다는 것은 누구보다 잘 알고 있었다.

─아니, 그 정도 돈이 없다고요.

"다른 것도 아니고 현직 여당 실세가 연쇄살인을 은폐하기 위해 검찰에 오더를 내린 사건입니다. 관련 증거가 있는데 그 가치가 고작 5천만 원도 안 될까요?"

─그건 그냥 의심일 뿐이고……

"내가 의심만 가지고 현금 5천을 부른다고 생각합니까? 좋습니다. 그러면 다른 곳에 팔지요."

─잠시만요! 잠시만요!

노형진은 가차 없이 전화를 끊었다.

그러고는 인터넷을 뒤적거려서 다른 기자의 전화번호를 찾기 시작했다.

"확실히 언론에 나가면 난리가 나겠네."

인민재판.

국민들이 이 사실을 알고 떠들기 시작하면 조용히 넘어갈 수는 없다.

"문제는 언론에 나가지 않는다는 거지."

"뭐?"

"아까도 말했잖아, 증거 제일주의."

정치적 목적으로 말도 안 되는 소리를 하는 게 검찰이고 또 그걸 받아서 옮기는 것이 언론이지만, 그들이 똘똘 뭉치는 경우에는 아무리 이쪽이 노력해도 절대 보도되지 않는다.

그게 현실이다.

"이 사건 같은 경우는, 절대 언론이 기사화하지 않을 거야."

"국민의 알 권리는 어쩌고?"

"그건 자기들이 불리할 때나 지껄이는 말이고. 전에도 말했지만 대한민국에서 언론은 단 한 번도 견제당한 적이 없는 권력이야."

그리고 길게 이어지는 핸드폰 연결음.

그걸 들으며 노형진은 느긋하게 말했다.

"애초에 우리가 그들에게 자료를 넘기겠다고 한 게 사흘 전이야. 어지간한 언론사라면 접촉을 하든가, 하다못해 가격이라도 깎으려고 했어야 했어. 하지만 그들은 그러지 않았지. 도리어 고발이 들어갔어."

"끄응."

오광훈은 신음을 흘렸다.

그럴 수밖에 없는 게, 실제로 비밀리에 고발이 들어갔으니까. 그들은 이 신고자가 누구인지 찾기를 원했다.

"그 말은, 이 고발이 정치인들의 귀에도 들어갔다는 거지."

"그런데 왜 계속 전화를 하는 거야?"

만일에 대비해서 전혀 엉뚱한 곳에서 전화하는 거라지만, 의심스러울 수밖에 없는 것이 사실이다.

"인민재판을 한다고 했지, 내가 그 대상이 김후태라고는 안 했다, 후후후."

노형진은 웃으며 말했고, 때마침 수화기 너머의 누군가가 전화를 받았다.

─여보세요.

"지난번에 연락드린 건 때문에 전화드렸는데요."

그 모습을 보면서 오광훈은 고개를 절레절레 저었다.

⚖

노형진의 말대로 몇 번이나 연락했지만 언론에서는 접촉을 하거나 구입하려고 노력하지 않았다.

도리어 헛소리로 일축하고 신고하겠다고 했다.

아마 다른 사람이라면 억울하다고 하겠지만…….

"난 아니지."

기자들과의 통화 내역을 정리한 파일을 올리면서 노형진은 눈을 반짝거렸다.

"인민재판을 당하는 건 기자들이야."

관련 증거를 넘겨주겠다고 했지만, 기자들은 그걸 씹었다.

도리어 고발이 들어갔다.

"그리고 그 녹음 내역을 인터넷에 뿌릴 거야."

파일 전송이 완료되었다고 뜨자마자 노형진은 강하게 엔터를 눌렀다.

이제 인터넷 녹음 파일은 걷잡을 수 없게 퍼지게 될 것이다.

"언론이 기사화하지 않는 게 무슨 의미가 있어?"

"의미가 있지. 삼단논법이라고 해야 하나?"

오광훈의 말에 노형진은 차분하게 설명을 이어 갔다.

"삼단논법?"

"A는 B이다. 그러므로 C이다."

"뭔 개소리야?"

"나는 정치인이 연쇄살인을 은폐한다고, 그리고 그 연쇄살인범이 검찰 고위직이라는 증거가 있다고 말하면서 언론사에 돈을 요구했어."

하지만 관련 증거는 없다.

그게 있다면 이렇게 복잡하게 할 필요 없다.

그냥 그 증거 하나만 까발리면 그만이다.

"하지만 언론은 그걸 무시했지."

"거기까지는 알아. 하지만 그걸 공개한다고 해서 국민들이 믿을까?"

"아마도 강하게 의심은 할 거야."

한 곳도 아니고 십여 곳의 대형 언론사에 연락해서 자료를 팔겠다고 했다.

장난 전화치고는 스케일이 너무나 크다.

"그리고 그걸 충분히 입증할 수 있는 증거가 공개될 테니까."

노형진은 씩 웃으며 말했다.

"의심은 의심을 낳는 법이지."

그리고 느긋한 어조로 덧붙였다.

"이제 남은 것은 기다리는 것뿐이야."

그건 시간이 해결해 줄 일이었다.

⚖️

"이게 뭔 개소리야!"

자신이 범죄에 관련된 증거를 팔겠다고 전화하는 통화 내역이 인터넷에 뜨자 김후태는 등골이 오싹했다.

누군지 이야기하지는 않고 그냥 팔겠다고 했지만, 어떤 언론도 그걸 사거나 보도하지 않았다.

'불신이 불신을 불러온다.'

노형진의 계획이 그거였다.

존재하지 않는 것이라 해도, 누군가 그걸 고의적으로 감춘다는 느낌이 들기 시작하면 사람들은 그 말을 믿기 힘들어진다.

그게 설사 언론이라고 해도 말이다.

안 그래도 언론인이라는 이름보다는 기레기라고 더 많이 불리는 한국 기자들의 행동은 사람들에게 별로 믿음을 주지 못하고 있었다.

그런 상황에서 돈을 받고 증거를 팔려고 했음에도 불구하고 모두 거절하며 나아가 고발까지 한 그들의 행동은 의심이 갈 수밖에 없었다.

"젠장, 그럴 리 없는데. 그럴 리가……."

일이 터지고 나서 김후태가 사방에 도움을 청한 것은 당연한 수순이었다.

그런데 그게 과연 어디서 새어 나갔는지 알 수가 없었다.

워낙 많은 사람들에게 도움을 청했기 때문이다.

그러던 중 그는 우연히 인터넷 게시판을 보았다. 그런데…….

"씨발, 뭐야, 이거?"

─설마 증거가 진짠데 안 샀겠어? 그런 일이 없는 게 확실하니 안산 거겠지. 나도 증거가 있으니 판다고 말하는 것 정도는 얼마든지 할 수 있다.

─고발했다는 것 자체가 뭔가 켕긴다는 거 아닌가? 제보 전화를 고발하는 언론사가 어디 있어?

─님들아, 일단 양쪽 이야기 들어 보죠.

─네네, 또 선비 납시었네.

─양비론 극혐.

─무시하고 싶어도, 기레기들이 은닉한 사건이 어디 한두 개냐?

─나는 현직 대통령입니다. 내가 쓰는 글이 곧 증거입니다!

─다음 관종 나와!

말 그대로 대혼란 상태였다.

한쪽은 언론에서 증거도 없이 돈 달라고 하는데 그걸 받아들이겠냐고 주장하고, 다른 한쪽은 감춘 게 하도 많으니 이번에도 그런 사건인 거라고 주장하고 있었다.

상황이 이렇다 보니 국민들의 관심은 그 어느 때보다 더 강했다.

"젠장…… 이건 도대체가…….."

증거가 없다는 건 누구보다도 김후태 본인이 가장 잘 안다.

철저하게 법대로 하면 자신이 이긴다는 것도 안다.

그래서 언론에서도, 살인 사건에 대해서는 떠들어도 그에 대해서는 이야기하지 않았다.

하지만 상황이 반전되면서 누군지 모를 살인범에 대한 이야기가 계속 나오기 시작했다.

"그놈이 누구지? 아니야, 신경 끄자. 뭔가 조작한 게 뻔해."

김후태는 애써 마음을 진정시켰다.

아무리 생각해도 자신은 잘못한 게 없으니까.

그러니 문제 될 것도 없다고 생각했다.

당장 뉴스에서도 해당 사건에 대해 전혀 이야기하지 않았다.

오로지 인터넷에서만 떠들고 있을 뿐이다.

그리고 오랜 경험상, 인터넷에서 떠드는 사건은 언론의 지원이 없으면 금방 힘을 잃어버리고 사라진다.

그게 정상이었다.

하지만 때마침 온 전화는 그의 모든 기대를 와장창 무너뜨렸다.

―너 이 새끼 뭐야!

"새끼? 너 미쳤냐?"

그에게 전화를 건 사람은 조교연의 측근인 비서관이었다.

당연히 그보다 급이 낮은 자다.

그런데 그가 다짜고짜 전화를 해서는 김후태를 욕하고 있었다.

―미쳐? 미친 건 너지, 이 새끼야! 너 억울하다며! 자기는 절대 그런 사람 아니라며! 반대파한테 모함받고 있는 거라며!

"이 새끼가 어디다 대고 새끼라는 거야!"

어이가 없어서 버럭 소리를 지르는 김후태.

―인터넷의 그게 뭐야! 뭐냐고!

"네가 나한테 물어볼 급이나 되냐? 그리고 증거도 없이 어떤 미친놈이 전화해서 장난질한 거잖아!"

증거가 없으면 범죄도 없다.

이번 사건은 그 규칙이 철저하게 지켜질 테고, 그는 증거가 없다고 확신하고 있었다.

―뭐? 너 지금 뭐가 터졌는지도 모르고 지껄이는 거야?

"뭐가 터져?"

그는 순간 등골이 오싹했다.

그는 다급하게 언론을 뒤지기 시작했다.

거기에는 생각하기도 싫은 뉴스가 올라와 있었다.

유가족 협의회, 내부 고발자로부터 강력한 증거를 구입했다고
밝혀

"뭐…… 뭣? 그럴 리 없어! 증거는 없었다고!"
강력한 증거라니, 그런 게 있을 리 없다.
그는 자신도 모르게 소리를 지르다가 아차 싶었다.
너무 흥분해서 지금 비서관과 통화 중이라는 사실을 잊고
있었던 것이다.
─너 이 개자식…….
비서관의 목소리는 참담하다 못해서 딱딱했다. 이게 터지면
얼마나 파급력이 클지 감도 잡지 못할 지경이었기 때문이다.
"잠깐! 이건 오해가……!"
김후태는 다급하게 변명을 했지만 이미 전화는 끊겨 있었다.
"이런 씨발!"
그는 핸드폰을 집어 던지고 모니터로 시선을 돌렸다.
화면에는 피해자 중 한 명과 환하게 웃고 있는 자신의 모
습이 떠 있었다.

⚖

결국 김후태는 범죄를 시인할 수밖에 없었다.
그를 보호해 줄 사람이 남아 있지 않았으니까.

모든 사람들이 손절 했다.

아니, 손절 한 정도가 아니라, 자신과의 관계를 공개하면 최대한 잔인한 보복을 하겠다고 했다.

"김후태가 가진 정보를 공개해서 그들을 흔들려고 하겠지만, 이제는 누구도 그의 말을 믿어 주지 않을 테니까."

그는 연쇄살인범이다.

그가 언론에 정치인들의 비리를 까발리겠다고 한들, 과연 언론이 힘을 잃어버린 그를 위해 정치인들의 범죄를 까발려 줄까?

"기레기 어디 안 간다."

노형진은 느긋하게 말했다.

"그리고 경찰과 검찰 그리고 언론에서는 그를 가루가 되도록 깔 수밖에 없지."

자신들의 정치적 부담을 줄이려는 모든 노력은 실패했다.

연예인 열애설을 터트려서 덮을 수 있는 수준이 아니라는 것을 그들도 안 것이다.

남은 것은 단 하나, 이 모든 것을 김후태 개인의 사건으로 몰아붙여서 관련자가 없는 것으로 꾸미고, 그 뒤에서 사건을 감추려는 노력이 없었던 것처럼 만드는 것.

"그런데 왜 그 자료를 산 것처럼 발표한 거야? 난 이해가 안 가네."

오광훈은 다른 건 다 그러려니 해도 여전히 이해가 가지 않는 것이 있었다.

그 증거를 가지고 있었던 것은 유가족들이다.

다만 노형진과 오광훈이 그걸 의심해서 기록을 뒤져 흔적을 찾아낸 것뿐이다.

그럼에도 불구하고 외부에는 유가족들이 5천만 원을 주고 해당 자료를 산 걸로 발표되었다.

"일단 두 가지 목적 때문이지."

"두 가지 목적?"

"첫째, 인터넷 녹음 파일에서 언론에 말한 게 사실이라고 느끼게 하는 것."

분명 언론에 말했지만 언론은 구입을 거부했다.

그러나 유가족들은 진짜로 그걸 구입했다.

비록 돈이 부족해서 사건을 덮으려 한 사람에 대한 정보는 사지 못했지만, 의심스러운 사람에 대한 정보는 구입했다.

"정치권의 누군가가 사건을 덮으려고 한다는 사실은 자연스럽게 진실이 되는 거지."

증거는 없지만, 다른 증거가 나왔으니까.

"두 번째는?"

"동일한 목적이야. 사건을 은폐하려고 하는 것처럼 보여야 했으니까."

그들이 자료를 모아서 공개했다는 것과 그들이 자료를 구입해서 공개했다는 것은 전혀 다르다.

전자는 우연히 만나서 비교 과정에서 드러날 수도 있지만, 후자는 그 자료를 누군가 한꺼번에 쥐고 있었다는 소리가 된다.

"이 상황에서 그런 의심을 가장 많이 받는 조직이 어딜까?"

"검찰이네."

안 그래도 덮으려고 했었고, 심지어 김후태는 지검장이다.

그런 상황이니 이 자료를 감추려고 했던 조직은 검찰이 될 수밖에 없다.

"만일 수사를 제대로 못하면 검찰은 여전히 사건을 덮으려는 조직으로 비칠 수밖에 없지."

"아하!"

그런 시선을 피하기 위해서라도 검찰은 그를 팬티 속까지 뒤져야 할 것이다.

"그리고 그를 완전히 몰락시켜야 다른 정치인들이 안전해질 테니까."

물론 김후태는 법정증거주의를 외칠 테지만, 이제 상황은 바뀌었다.

직접증거가 아닌 간접증거가 드러난 이상, 검찰은 그에게 모든 죄를 뒤집어씌우려고 노력할 것이다.

"결국 모든 게 다 드러나겠지."

설사 아니라고 해도, 그는 그 죗값을 피할 수 없을 것이다.

"증거 하나 없이 인생 종 치게 만들었네."

"이런 식으로 처리하고 싶지는 않았지만……."

노형진은 어깨를 으쓱했다.

"어쩌겠어?"

노형진이 떠먹여 주려고 했지만 검찰은 먹은 것도 토해 냈다.

"때로는 강제로 들이밀어야지."

노형진은 씩 웃으며 말했다.

은밀한 거래

"누구요?"

노형진은 자신의 귀를 의심했다.

"두한이 절 노린다고요?"

"그래."

유민택은 심각한 얼굴로 말했다.

노형진은 입을 다물었다.

'악연은 끊어지지 않은 건가?'

과거보다, 아니 미래보다 힘이 빠진 두한이라고 하지만 노
형진과의 악연은 그대로다.

회귀 전에는 두한이 노형진을 죽였지만 회귀 후에는 노형
진이 그들의 후계자를 감옥에 넣어 버렸다.

두한에서는 어떻게 해서든 그걸 막기 위해 돈도 뿌려 보고 협박도 해 보고 심지어 정신이상까지 들고 나왔지만, 노형진이 너무 확실한 증거를 제시하는 바람에 결국 상당한 형량이 나왔다.

'복수라 생각했는데.'

사실 회귀 전 자신을 죽인 게 그 녀석이었기 때문에 노형진은 복수를 한 거라 약간은 속이 시원했는데…….

'결국 콩 심은 데 콩 나고 팥 심은 데 팥 난다는 건가?'

그 녀석이 살인범이 되고 서슴없이 사람을 죽이라고 할 수 있다는 것.

그건 그렇게 배웠다는 소리나 마찬가지다.

"자네를 죽이려고 한다는 이야기가 있어."

단순히 대동의 힘을 이용해서 인생을 망가트린다거나 압박을 가한다는 뜻이 아니다.

그야말로 사람을 써서 노형진을 죽이려고 한다는 소리였다.

"미국에서야 당해 본 적 있지만."

노형진은 머리를 긁적거렸다.

"한국에서는 처음이네요."

"지금 웃음이 나오나? 상대방은 두한이야."

유민택은 눈을 찌푸리며 말했다.

그가 걱정을 할 수밖에 없는 게, 두한과 관련된 상황에서 상당한 수의 사람들이 실종 또는 사고사를 당했기 때문이다.

"어디서 나온 정보입니까?"

"양쪽 다라네."

"양쪽 다라고 하면?"

"야쿠자와 삼합회 모두에서 말이야. 자네를 노리는 사람들이 있는데, 그쪽이 두한과 밀접한 모양이야."

"하아."

"한숨이 끝인가?"

"글쎄요……. 어떻게 보면 당연하다고 해야 하나요?"

"당연해?"

"사실 생각해 보면 좀 늦은 감이 있지 싶네요."

노형진이 지금까지 벌인 일이 한두 개가 아니다.

안 그래도 대기업들은 노형진을 안 좋아하는데, 후계자까지 잃어버린 두한이 좋게 생각할 리 없다.

"그동안 다른 곳들이 제 뒤에 있는 미다스의 그림자 때문에 두려워서 꼼짝도 안 했다지만, 암살은 아예 생각하지도 않았던 건 아닐 겁니다."

암살. 노형진에 대한 살인 계획.

그게 유민택이 가지고 온 정보였다.

"제가 사라져도 미다스가 딱히 보복을 하지는 않을 거라 생각한 거죠. 아니면 범인이 누구인지 모르면 보복도 할 수 없을 거라 생각했을 거고요."

"두한이라면 그걸 이겨 낼 수 있을지도 모른다고 생각했을 수도 있고."

후계자를 잃어버린다는 것.

그건 두한에는 심각한 문제다.

아니, 누구에게나 심각한 문제다.

당장 유민택도 자신의 아들들을 죽인 자들을 용서하지 못했으니까.

"그런 면에서 보면 이제 와서 저를 죽이려고 한다는 건 사실 좀 반응이 느린 거죠. 대상이 좀 어이없기도 하지만."

자신을 죽이려고 하는 건 성화 쪽 사람일 줄 알았다.

그런데 자신과 딱 한 번 엮인 두한이 자신을 죽이려고 할 줄은 꿈에도 생각 못 했다.

'그 딱 한 건이 좀 크기는 하지만.'

노형진이 그다지 놀라워하는 기색도 아니자 유민택은 얼굴이 핼쑥해졌다.

"자네 괜찮나?"

"괜찮습니다. 뭐, 시기가 좀 다를 뿐 한 번은 겪을 거라 생각한 일이라서요."

"그 정도인가?"

"변호사들이 얼마나 타깃이 되는지 유 회장님은 잘 모르실 겁니다."

노형진은 씩 웃으며 말했다.

변호사가 아무리 유능해도 끝내 풀어 주지 못하는 사람도 있는 법이니, 그쪽에서 원한을 품고 보복할 수도 있다.

"그리고 그쪽도 장난을 치는 것 같고요."

"장난? 장난이라니? 지금 도는 소문이 거짓말이라는 건가?"

"거짓말은 아닐 겁니다. 하지만 상당 부분은 거짓말이 들어가 있지요."

"거짓이 들어가 있다고?"

"유 회장님이 보시기에, 성화와 대동과 두한의 차이가 뭐일 것 같습니까?"

유민택은 눈을 찡그리고는 한참 고민했다.

"성향이 좀 다르기는 하지."

"네, 완전히 다르지요."

성화의 기질은 얍삽하다.

뇌물과 협박으로 수익을 창출하고 돈을 안 주기 위해 꼼수를 쓴다.

그리고 그 과정에서 이루어지는 불법적인 일에 대해서는 전혀 신경 쓰지 않는다.

실제로 그들은 불법적인 일을 대놓고 했지만 성화라는 타이틀, 대기업이라는 타이틀 때문에 처벌을 면한 경우가 많았다.

"대동은 정반대죠."

그들의 목적이 좋다고 볼 수는 없지만, 그들은 저돌적이고 정석적이다.

기업을 흔들어서 집어삼킨 뒤 이어서 그 기업과 연관된 지역의 상권을 집어삼키는 것은 업계에서는 거의 정석적인 방법이다.

그들은 야망이 큰 거지 방법 자체는 검증된 방식을 선호한다.

"그들은 열혈에 가깝지."

열혈을 좋아하는 일본의 영향을 받아서 그런지, 대동은 협잡질보다는 정석적인 방법을 선호한다.

그래서 한국에 처음 들어왔을 때 언론에 휘둘리기도 했고 말이다.

"그러면 두한은요?"

"두한은…… 음험하다고 봐야 하나?"

"저도 그렇게 생각합니다. 음험이라……. 딱 맞는 느낌이네요."

그들은 전면에서는 바른 기업인 척하고 다닌다.

하지만 뒤에서는 음모를 짜고 어두운 설계를 하며 장난을 친다.

아예 대놓고 그런 짓을 하는 성화와는 완전히 다르다.

그렇기에 그들의 외부적인 이미지는 나쁘지 않다.

다만 아는 사람들은 그들의 보이는 모습에 쉽게 속지 않는다.

대표적으로, 두한은 청년 실업을 해결하기 위해 많은 사람들을 고용하는 기업으로 소문이 나 있다.

하지만 그 이면에는 다른 부분이 있다.

기업의 일자리는 무한대가 아니다.

외부적으로 청년 실업 해소를 위해 많은 사람들을 고용한다고 하지만, 실질적으로 그렇게 뽑혀서 들어간 사람은 아무리 길어도 5년을 못 버틴다.

'청년 실업 해소를 위해서가 아니라 싸게 사용하고 버리려는 거지.'

한창 힘이 넘치고 일 잘할 때 고용해서 쓰다가, 나이 먹고 힘이 빠지면 온갖 약점을 잡아서 해고한다.

그리고 그 자리에 더 젊고 힘이 넘치는 직원을 고용한다.

외부에서 보면 젊은 기업이지만, 현실은 청년을 착취하는 대지주나 다름없는 게 두한이다.

그러나 그들은 그걸 잘 포장해서 외부적 이미지는 청년을 구제하는 기업으로 드러낸다.

'사람이 먼저이기는 개뿔.'

노형진은 두한에서 주장하는 말을 생각하고는 피식 웃었다.

하지만 그건 나중 문제고, 중요한 건 자신이다.

"그런데 그들이 야쿠자와 삼합회에 저에 대한 현상금을 걸었다고요? 그게 유 회장님의 귀에 들어갈 정도로 알려졌다고요?"

노형진은 코웃음을 쳤다.

"그런 게 두한의 방식이라고 생각하십니까?"

"그렇군. 그런 식으로 소문내 가면서 움직일 작자들은 아니지."

그제야 유민택은 뭔가 이상하다는 걸 알아차렸다.

노형진이 미국에서 그랬던 것처럼 그냥 싼 돈에 누구든 죽이기만 하면 현상금을 준다는 소문도 아니고, 정식으로 돈을 주고 킬러를 고용했다는 소문.

그런 소문이 시중에 돈다는 건 말이 안 된다.

고용하는 사람도, 고용당한 킬러도 그걸 나불거릴 이유가 없으니까.

"그런데 왜 그런 소문이 도는 거지?"

유민택은 이해가 가지 않았다.

하긴, 그는 이러한 암살을 겪어 본 적이 없다.

최소한 한국은 이런 식의 암살에 대해서는 미국이나 기타 국가보다 훨씬 안전하니까.

"아마도 시선을 돌리기 위함이겠지요."

"시선을 돌린다고? 보안을 올릴 텐데?"

"정확하게 말하면 보안의 대상은 동양인이 될 겁니다."

노형진은 이런 방식을 회귀 전에 본 적이 있었다.

사람들의 허점을 이용한 방식이다.

정확하게는, 본 게 아니라 당한 거다.

미끼를 던지고 사람들의 시선이 거기에 가 있는 사이 두한은 다른 카드로 상대방을 친다.

그들의 주특기나 다름없다.

그리고 그들이 쓸 만한 카드도 누군지 대충 알 것 같았다.

"동양인이라니? 중국이랑 일본은…… 아하!"

야쿠자도 삼합회도 결국 동양인이다.

그러니 노형진이 경계를 하기 시작하면 경찰에서도 그런 사람들에 대한 경계를 심하게 할 것이다.

"하지만 암살자들의 업계에 동양인만 있는 건 아니죠."

자연스럽게 그런 사람들에게는 경계심이 누그러질 수밖에 없으니 접근도 쉬워질 것이다.

"그리고 성공한다고 하면 수사 방향이 어디로 향하게 될까요?"

"그렇군."

이런 소문이 돌았으니 만일 암살이 성공한다면 경찰의 수사망은 야쿠자나 삼합회 쪽으로 향하게 될 것이다.

당연히 암살을 시도한 사람이 백인이나 히스패닉 계열이라면 어렵지 않게 포위망을 벗어날 수 있다.

"그리고 경찰이 조사를 한다고 해도 나오는 건 없죠."

소문을 파 본다고 해도 결국 헛소문일 것이다.

그 헛소문을 만든 것이 두한이니까.

당연하게도 두한이 노형진을 죽이려고 했다는 것 자체가 거짓 소문이 될 테고.

"두한은 혐의점에서 벗어나는 거죠."

"그런."

"아마 절 죽이려고 다가오는 사람은 아시아계 사람이 아니라 백인이나 히스패닉 계열의 사람일 겁니다. 한국 사람들의 선입견을 생각하면…… 아마도 백인일 가능성이 높겠군요."

한국인들은 백인들을 다소 우상화하여 바라보는 성향이 있다.

당장 영어 학원에서도 대학에서 영어 영문학을 전공한 흑인이나 아시아인보다, 고등학교밖에 나오지 않았어도 백인을 선호하는 것이 현실이다.

"거기에다 소문이 아시아 쪽으로 났으니 탈출할 시간도 넉넉할 겁니다."

나중에 진실을 알았을 때쯤에는 이미 범인은 도망간 후일 것이다.

한국에 들어온 신분도 가짜일 게 뻔하니 범인을 잡는다는 건 불가능해질 테고 말이다.

"그럴지도 모르겠군."

유민택은 노형진의 말에 눈을 찌푸리면서 말했다.

자신이 아는 두한이라는 기업의 분위기를 생각하면 충분히 있을 수 있는 일이다.

음험하고, 뒤에서 뭘 하는지도 모른다.

오죽하면 큰 건수에 입찰하기 전까지 다른 기업들은 두한이 입찰할 거라는 사실을 전혀 예상하지 못해서 제대로 뒤통수를 맞은 적도 있다.

공식적으로 그들은 입찰하지 않겠다고 공공연하게 말하고 다녔으니까.

"그러면 백인이 접근하는 걸 조심해야 하나? 설마 미국처럼 총질하는 건 아니겠지?"

"설마요. 그건 무리일 겁니다."

미국이라면 권총을 쓰거나 해서 암살할 수도 있고 저격을 할 수도 있다.

최악의 경우 폭탄 테러라는 방법도 있기는 하다.

"하지만 그런 일이 터지면 그때는 단순 살인이 아니게 되거든요."

노형진이라는 개인이 칼에 찔리거나 독을 먹거나 하는 방식으로 살해당한다면, 그건 개인에 대한 살인 사건이다.

하지만 저격당하거나 폭탄이 터진다면 테러의 영역이 되어 버린다.

"그러면 국정원이 나설 겁니다."

개인에 대한 살인과 테러는 엄연히 대응법이 다르다.

그리고 국정원이 나서게 된다면 암살자 입장에서도 부담이 심할 수밖에 없다.

"그러면 어쩔 건가? 미국에서처럼 암살자에게 현상금이라도 걸 건가?"

"그것도 알고 계셨습니까?"

"제법 유명한 사건이지 않나?"

노형진을 죽이려고 한 사람에게 현상금을 역으로 걸어 버림으로써 노형진은 그들의 움직임을 봉쇄한 적이 있다.

"그건 무리일 겁니다. 그때는 저쪽에서 무차별적으로 한 이야기였거든요."

특정인에게 의뢰를 한 게 아니라 소문을 내고 누구라도 움직여 주기를 원한 것이었다.

그러니 그런 작전이 가능했다.

"하지만 이번은 아닐 겁니다."

상대방이 누가 될지는 모르지만 전문 킬러에게 가장 중요한 것은 믿음이다.

그럴 수밖에 없는 게, 영화에서처럼 날 죽이라고 한 놈을 죽이는 데 두 배 주겠다는 말을 듣고 혹 넘어가 버리면 곤란하니까.

"암살자들은 절대로 배신을 하지 않습니다."

설사 사로잡힌다고 해도 누가 의뢰했는지 말하지 않는다.

아니, 아예 모르는 경우도 많다.

중간 업자가 타깃만 주고 돈을 받아 두고 있다가 일이 끝나면 주는 경우도 많으니까.

"그렇다고 자네가 백인을 모조리 다 조심할 수는 없지 않나?"

"히스패닉 쪽도 조심해야지요."

노형진은 턱을 문질렀다.

그렇다고 동양인은 안심해도 되느냐?

그것도 아니다.

지금은 이주의 자유가 있기 때문에 다른 국적을 가진 동양인도 많기 때문이다.

미국계 중국인이나 프랑스계 이라크인도 널렸는데 생긴 게 아시아인이라고 방심할 수는 없다.

"흠…… 이걸 어쩐다?"

"자넨 걱정도 안 되나?"

"글쎄요? 걱정은 됩니다만."

노형진은 머리를 긁적거렸다.

사실 킬러를 보낸다는 소문이 도는데 걱정이 안 될 리 없다.

하지만 한번 죽었던 기억이 있어서 그런지 별로 겁이 나지 않았다.

"이래서 경험자를 찾는 건가?"

"지금 농담하나?"

"아닙니다, 하하하. 그냥 간땡이가 부었다고 생각하세요."

"허."

어이가 없어서 혀를 끌끌 차는 유민택.

노형진은 그런 그를 보면서 미소 지었다.

"간땡이가 부었다고 해서 제가 막나가겠다는 것은 아닙니다. 일단 숙소부터 옮길 겁니다. 가족들에게도 말을 하고요."

특급 호텔로 간다면 아무리 그들이라고 해도 쉽게 암살을 할 수는 없다.

거기에다 총을 쓸 수 있는 상황은 아니니까.

"범인이 잡혀야 할 텐데."

"그게 문제입니다. 뭘로 잡을 겁니까? 살인미수?"

"끄응."

살인을 하려고 왔다고 입국 신고를 한 게 아닌 이상에야 살인미수가 성립될 리 없다.

설사 현장에서 체포당한다고 해도 그들이 입을 열 리는 없다.

"그리고 제가 아는 한 두한쯤 되는 곳이 한 번에 끝낼 것 같지는 않습니다만."

개인 암살자를 살 수도 있을 것이다.

그러나 다짜고짜 암살하겠다는 식으로 나오는 것을 봐서는, 두한이 그냥 '아, 실패했네. 포기.' 하면서 물러나지는 않을 것이다.

"아마도 다른 사람을 고용해서 보내든가, 최악의 경우 폭력 조직과 손잡은 상태일 겁니다."

즉, 한 명이 실패했다고 해도 그들과 손잡고 계속 암살자를 보낼 것이다.

"그럴 필요까지야 있나?"

"그게 의외로 쓸 만합니다."

설사 죽이지 못한다고 해도, 상대방은 죽음의 공포에 휩싸여 패닉에 빠져서 제대로 활동하지 못하는 경우가 많다.

실제로 브라질 같은 경우는 그러한 압력에 못 이긴 지역의 자치단체장이 폭력 조직에 굴복하는 일도 많고 말이다.

"음험한 두한이 쓰기는 딱 좋은 방법이네요."

노형진은 히죽 웃었다.

"자네에게 그걸 막을 방법이 있단 말인가?"

"방법이라……. 일단 이런 상황에서 만나 볼 만한 사람이 있지요."

노형진은 미소를 지으며 말했다.

"킬러라……."

남상진은 눈을 살짝 찡그렸다.

"로비스트쯤 되면 관련 정보를 알지 않을까?"

"별로 알고 싶지 않은 정보다. 그런 정보에 알짱거리면 오래 살기도 힘들고."

"역시나."

"'역시나.'라면서 날 찾아온 건 무슨 생각에서지?"

로비스트인 남상진.

분명 그가 그런 쪽을 알 가능성은 높다.

하지만 그렇다고 해서 그가 뒤쪽 세계의 모든 것에 대해 아는 것은 아니다.

"뒤쪽 세계에서의 두한에 대해 알고 싶어서 찾아왔다."

"범인이 누군지가 아니라?"

"알아볼 생각이나 있냐?"

남상진은 어깨를 으쓱했다.

자신과 노형진은 철저하게 비즈니스 관계다.

무슨 의리가 있다고 목숨까지 걸어 주겠는가?

"뭐, 믿음직한 손님이지."

"해외 기준으로는?"

"아직 검증받지 못한 손님이고."

이 말은 두 가지를 의미한다.

한국 내부에서는 그런 협잡질을 몇 번 해 봤다는 의미다.

"의외네. 해외에서는 내가 처음?"

"나야 모르지. 하지만 일단 해외에서 섣불리 움직일 만한 건 아니지."

"그런가?"

"두한은 전형적인 한국의 대기업이야. 해외 진출을 하려고 하고 있지만 파워가 강한 편은 아니지."

당연히 그런 상황에서 섣불리 암살 같은 걸 시도하는 건 무리라는 소리다.

"바보도 아니고, 두한과 척을 진 사람이 갑자기 죽었는데 그쪽 정부에서 가만있겠나?"

암살이 들어갈 정도면 적지 않은 급수의 사람이라는 소리다.

그런데 그런 사람이 죽으면 정부는 가만히 있지 않을 것이다.

"한국에서야 그걸 무마할 힘이 있지만 해외에서는 무리지."

"그러면 결국 나 하나 노린다는 거네."

"그렇겠지."

노형진은 변호사이기도 하지만 미다스와 마이스터의 한국 대리인이기도 하다.

쉽게 말해서 원한을 찾으려고 한다면 한두 건이 아니라는 거다.

"당장 기자들 중에서도 널 죽이고 싶어 하는 놈들이 한둘이 아닐걸."

"왜?"

"그 인간들 오입질 줄을 끊어 버린 게 너다."

"그걸 가지고 날 죽인다고?"

"충분히 그러고도 남을 놈들이야."

노형진은 피식 웃었다. 틀린 말은 아니니까.

다만 그랬다가는 자신들이 드러날까 두려워서 못 할 뿐.

"하여간 한국에서는 두한쯤 되면 사건의 수사를 뒤흔드는 게 어렵지 않을 거야."

"그래? 암살 조직을 고용한다면 어디를 고용할까?"

"삼합회나 야쿠자 말고?"

"그래, 그들은 빼고."

"넘쳐 나지."

미국의 갱단이나 브라질의 폭력 조직도 가능하다.

규모는 작지만 동남아 쪽도 폭력 조직은 넘쳐 난다.

단순히 누군가를 죽인다는 계획을 실행하기에는 충분하다.

"그런 터무니없는 질문은 멍청한 질문이라고 하지."

"그러면 질문을 바꾸지. 의심받지 않고, 두한의 취향에 맞는 자들은?"

두한의 취향이라는 말에 남상진은 잠깐 고민에 빠졌다.

그도 브로커로서 두한을 위해 일한 적이 있다.

그런 만큼 그들의 성향은 누구보다 잘 알고 있다.

"시칠리아 마피아겠군."

"확실해?"

"성향만 보면 그래."

두한은 조용하고 음험하다.

미국의 갱단은 크고 터프하지만 눈에 너무 띈다.

동남아 쪽도 마찬가지다.

"그들이라면 나중에 문제가 되거나 의심받는 걸 극도로 싫어할 테니까."

그러면 그들 입장에서 의심이 덜한 사람은 조용하고 젠틀하며 눈에 띄지 않는 백인이다.

더불어 한국에 올 때 쓸 가짜 신분을 가지고 있어야 하기도 하다.

"그런 존재라면 시칠리아의 마피아가 제격이지."

"다른 조직은 없나?"

"그런 타입이 없는 건 아니지. 하지만 급이 달라."

"급?"

"그 정도 분위기를 가진 사람이라면 보통 고위직이거든."

"무슨 뜻인지 알겠다."

사람은 소위 급이 높아지면 풍기는 분위기가 달라진다.

그리고 그런 분위기를 가진 사람은 분명 의심도 덜 받는다.

"미국 갱단이나 다른 곳의 사람들이 그 정도 분위기를 만들려면, 일선에서 뛰기에는 좀 급이 높지."

최소한 어느 정도 급을 가진 사람이라는 거다.

그런 사람이 직접 암살을 위해 뛸 가능성은 높지 않다.

"개인적으로 고용한다면?"

"흠."

남상진은 잠깐 생각을 했다.

"아예 없는 건 아니지. 하지만 두한에서 쓸 것 같지는 않아. 실패하면 새로 고용해야 하잖아. 말이 많아지면 정보는 새는 법이지."

조직과 거래를 하면 조직에서 사람을 보낸다.

의뢰인은 알려 주지 않고, 가서 죽이라고 하면 끝.

걸린다고 해도 다른 조직원을 다시 보내면 그만이다.

그에 반해 개인이라면 개별적으로, 실패할 때마다 접촉해야 한다.

"그런 식으로 자꾸 접촉하면 안 좋은 소리가 나와."

"무슨 뜻인지 알겠어."

노형진은 고개를 끄덕거렸다.

결국 남상진의 말대로 그들이 선택할 가능성이 높은 것은 조직이었다.

"시칠리아 마피아라……."

영화 대부에 나오는 마피아가 바로 시칠리아 마피아다.

한때는 전 세계의 공포의 대상이었지만, 사실 지금은 힘이 많이 빠진 상태다.

그렇다고 해서 그들이 힘이 없는 건 아니다.

그저 합법화를 많이 했을 뿐이다.

"경호원이라도 필요한 거야?"

"그럴 필요는 없을 것 같은데. 그쪽에서 한국에 들어와서 기관총을 갈기고 도망치지는 않을 거잖아?"

"그건 그렇지."

노형진의 말에 남상진은 고개를 끄덕거렸다.

그렇게 단순한 일이라면 시칠리아 마피아가 아니라 동남아 갱단이 훨씬 효율적이다.

"그리고 그런 걸 도와줄 만한 사람들을 알고 있거든."

노형진은 자신 있게 말했다.

⚖️

"시칠리아 마피아 쪽에서 한국으로 온 사람이 있습니다."

미국 CIA.

그들은 테러에 대비해서 철저하게 위험인물을 감시하는 걸로 유명하다.

그리고 그들에게 시칠리아 마피아, 그러니까 이탈리아의 마피아는 충분히 위험한 조직이다.

"확실한 겁니까?"

"이탈리아에서 한국으로 오는 사람들이 많지는 않거든요."

그들은 모든 기록을 뒤져서 이탈리아에서 한국으로 온 사람을 추적했다.

비행기 기록을 뒤져서 그들을 찾아내는 건 어렵지 않았다.

"비슷한 시기에 이탈리아에서 한국으로 온 사람은 총 삼천삼백마흔아홉 명입니다. 그중 신분이 확실한 사람은 삼천삼백서른한 명이고, 나머지 열여덟 명은 다소 의심스러운 부분이 있었지요."

노형진 덕분에 미국에서 중국계 스파이 조직을 박멸하는 데 성공했을 뿐만 아니라 부패한 항공모함 사건을 해결한 덕에 CIA는 꽤 우호적이었다.

그리고 그들은 노형진이 미다스라는 걸 안다.

다만 거래에 따라서 공개하지 않을 뿐.

"그 열여덟 명을 추적한 결과, 열다섯 명은 특이점이 없었습니다."

여기서 말하는 의심스러운 부분, 혹은 특이점이란 그들이 한국에 올 이유나 여건을 뜻한다.

이탈리아에서 한국에 오는 비용이 절대 싼 것이 아닌데 백수가 갑자기 한국에 오거나 한 경우 말이다.

"그중 세 명이 의심스럽습니다."

"같은 회사에 다니는 사람들이 출장 형식으로 오는 거겠지요."

"어떻게 아셨습니까?"

"뭐, 마피아 상대하는 게 처음은 아니니까요."

이탈리아의 마피아는 합법화를 많이 했다.

그래서 일반적인 직원들이 필요에 따라 암살자로서 일하는 경우가 많다.

"그런 사람들은 보통 의심을 받지 않으니까요."

공식적인 이유는 한국의 도자기를 수입하는 것.

"확실히 이탈리아의 도자기 판매 업체에서 일하는 사람이고요."

"네."

그런 식이니 당연히 의심을 한다고 해도 잡을 수는 없을 것이다.

"가면으로는 적당하네요."

이탈리아는 이런 동양의 도자기를 선호하는 국가 중 하나이다.

그리고 한국의 도자기는 제법 유명한 편에 속한다.

그러니 그걸 수입한다는 가면은 절대로 이상한 것이 아니다.

"그들은 전과도 없을 테고요."

"그랬다면 쉽게 여권이 나올 리 없지요."

"그러면 사고사 전문이라는 뜻이네요."

"혹시 전직 국정원 요원이십니까?"

상대방 요원은 신기하다는 듯 노형진을 바라보았다.

단순히 전과가 없다는 이유로 사고사 전문이라는 추론까지 해낼 줄은 몰랐으니까.

"당연한 거죠. 한국이니까요."

여기서 독을 쓰거나 총질을 할 수는 없다.

결국 최선은 사고사로 처리하는 것이다.

그리고 그렇게 사고사로 처리할 줄 아는 사람들은 흔하지 않다.

"그런 놈들을 의심을 하면서도 못 잡는다는 건, CIA도 잡기 어려울 정도로 그들이 상당히 능숙해서 흔적을 안 남긴다는 의미이기도 하고 말입니다."

"대단하시네요."

"제가 좀 더 알아야 할 건 있습니까?"

"우리 쪽에서는 이들이 최소 열한 건 이상의 사고사에 관련되어 있다고 생각하고 있습니다."

그들이 간 곳에서 사고가 일어나서 누군가 사망한다.

그런데 누가 봐도 너무나 확실한 사고사라서, 그걸 조사하는 데 한계가 있다.

그리고 조사를 하고 싶다고 해도 그들은 자연스럽게 이미

본국으로 돌아간 후다.

증명할 수 없는 사고사 때문에 외국인을 무조건 잡아 두는 것은 국제적으로 심각한 문제가 되기 때문에, 아무리 미국이 막강하다 해도 어찌할 수가 없다.

"저를 노린다고 봐야겠네요. 가장 좋은 건 자동차 사고일 테고."

노형진은 머리를 긁적거렸다.

"마피아라……. 마피아는 일반 폭력 조직과 같지 않습니다."

CIA의 요원은 확실하게 말했다.

"마피아라는 단어 자체가 이탈리아의 시칠리아 마피아에서 시작된 겁니다. 폭력 조직의 구조로 보면 아주 오래된 선조 같은 놈들입니다."

"무슨 뜻인지 압니다."

폭력 조직들이 그렇게 외쳐 대는 의리니 형제 관계니 하는 모든 것의 시초가 바로 이탈리아의 시칠리아 마피아였다.

그들은 스스로를 패밀리, 즉 가족으로 표현하고 실제로 가족처럼 운영된다.

"현대에 와서는 그 때문에 힘이 많이 줄었지만요."

현대에 와서는 그러한 관념 때문에 도리어 영입되는 사람들의 숫자가 줄어서 힘이 과거보다 많이 줄었다고 하지만, 그래도 마피아는 마피아다.

"만일 그들을 체포한다면 끝도 안 날 겁니다."

"계속 보낸단 말씀이군요."

"네."

형제를 체포해서 경찰에 넘기는 순간 그들에게 노형진은 단순히 표적이 아니라 원수가 되고, 복수를 위해 끊임없이 노력할 것이다.

'그리고 두한은 그걸 노리고 시칠리아 마피아를 썼겠지. 약아빠진 놈들이야.'

삼합회나 야쿠자는 적당한 놈을 보내서 시도하다 실패하면 그만이라는 식으로 대응할 것이다.

하지만 마피아는 다르다.

그들은 그러한 부분에 있어서는 확실하다.

"걱정하지 마세요. 저도 그들을 위한 선물을 준비해 놨으니까요."

노형진은 살짝 미소 지었다.

⚖️

"뭐? 그 사람들과 접촉하겠다고?"

"네, 그들과 접촉하겠습니다."

"미쳤나?"

유민택은 기가 막혔다.

자신을 죽이러 온 이탈리아 마피아.

그런데 그들과 접촉하겠다니?

"그들을 처벌하면 자네가 보복당할 거라며?"

"압니다. 그래서 확실하게 하려고 하는 겁니다. 두한은 그 점을 노린 걸 겁니다. 그들은 제가 유능하다는 걸 잘 알고 있습니다. 그래서 아마 그들이 잡힐 가능성 자체도 예상하고 있을 겁니다."

노형진이 그들을 제압할수록 노형진과 그들의 원한 관계는 깊어질 것이다.

"아마 종국에 가서는 그들이 극단적 방법을 쓸 수도 있겠지요."

여러 가지 사정으로 인해 국내에서 총기류를 쓸 수는 없지만, 일이 그쯤 되면 영화에 나오는 것처럼 노형진이 출근하는 차량에 대고 기관총을 갈기지 말라는 법도 없다.

"영악한 놈들입니다."

"그런데 그들과 접촉하겠다는 게 말이나 되나?"

"됩니다. 현재 그들의 목적은 저를 사고사 처리하는 것이니까요."

"그런데?"

"그런데 그들이 저에게 원한을 가지고 있다면 제1 순위 혐의자가 됩니다."

"자네에게 원한을 가질 만한 일이 뭐가 있다고?"

유민택은 고개를 갸웃했다.

"그래서 도움을 청하는 겁니다."

그들은 한국에 공식적으로는 도자기 수입을 목표로 하고 왔다.

그 말은, 좋든 싫든 공식적으로 그들은 도자기 판매 업체와 접촉을 해야 한다는 거다.

"제가 상대 업체의 대리인으로 나가 그들에게 무리한 조건을 걸 겁니다. 그리고 계약을 깰 겁니다."

"계약을 깬다?"

"어차피 진짜로 수입을 할 것도 아닐 테니까요."

"아하!"

노형진이 무리한 조건을 걸어서 계약을 깨고, 그 문제로 트러블이 터지면 일단 경찰에 신고를 한다.

그러면 그들에 관해서 경찰에 기록이 남으니, 만일 노형진에게 무슨 일이 생기면 경찰은 그 출동 기록을 기반으로 그들을 추적할 것이다.

"사고사 처리가 쉽지 않게 되겠군."

"네."

그러기 위해서는 그들이 접촉하는 도자기 업체에 도움을 청해야 하는데, 아무리 노형진이라고 할지라도 도자기 업체에 선이 있는 게 아니다.

"하지만 대룡이라는 이름이 붙으면 도자기 업체는 싫든 좋든 도와줄 수밖에 없지요."

"뭐, 그건 어려운 일은 아닌데."

현실적으로 무슨 피해가 가는 것도 아니니까.

"변호사 노형진이 도움을 요청하는 것보다는 대룡이 도움을 요청하는 게 그들로서는 더 부담이 될 겁니다."

물론 그에 대한 보상은 어느 정도 해야겠지만 말이다.

"그러도록 하지. 하지만 그런다고 해서 그들이 자네를 노리지 않을 것 같지는 않은데."

"그건 걱정하지 마십시오. 그다음 방법이 있거든요. 후후후."

⚖️

"선불이라고 했습니까? 그건 무리입니다."

이탈리아 마피아의 조직원인 미켈레 그레코는 이야기를 하면서도 어이가 없었다.

"어쩔 수 없습니다. 기존 기록을 보니 지금까지 한 번도 거래가 없었을 뿐만 아니라, 다른 곳과의 거래도 없었던 회사 아닙니까?"

"신흥 회사라니까요."

"이미 기록을 확인했습니다. 생긴 지 7년이나 된 회사가 신흥은 아니죠."

'이런 쌍.'

미켈레 그레코는 절로 욕이 나왔다.

자신들의 표적이 갑자기 튀어나온 것도 어이가 없는데, 그 신분 자체도 심지어 단순 접촉을 하기 위해 접근한 도자기 회사의 대리인이다.

"최소한 1차분은 선금으로 주셔야 합니다."

"그런 식의 거래가 어디 있습니까!"

"그럴 수밖에 없지요."

노형진은 미켈레 그레코를 계속 몰아붙였다.

최대한 언성을 높이다가, 싸우고 계약을 파기하기 위해 말이다.

'어쩔 수 없겠지.'

회사 입장에서는 아쉽다고 했지만, 그들이 마피아고 애초에 거래 가능성 자체가 없다는 사실에 움찔해서 마음대로 하라고 했다.

물론 그 대신에 그들의 이탈리아 진출을 미다스가 돕는다는 조건을 달기는 했지만 말이다.

"우리 조건은 간단합니다. 1차분에 대해서는 무조건 선금, 2차 선적분에 대해서도 최소 80% 이상 선금 지급을 해 주셔야 합니다."

"당신들이 물건을 안 보내면 어쩌려고요?"

"우리 회사는 역사만 40년 전통의 본차이나 전문 기업입니다. 그런 곳이 물건을 안 보낼 리 없지요. 재무제표 역시 보여 드리지 않았습니까? 빚이 총자산의 10% 이하입니다.

우리가 계약을 어그러트릴 가능성은 없습니다. 그쪽이라면 모를까."

"뭐요?"

"요즘 국제 사기꾼들이 하도 많아서 말이지요."

"보자 보자 하니까!"

미켈레 그레코는 속에서 열불이 났다.

노형진이 자신들이 암살자인 것을 알아챘을 리야 없지만, 어쨌든 국제 사기꾼이라고 생각하고 있었다.

'염병.'

문제는 그걸 부정하기가 힘들다는 거다.

실제로 시대가 바뀌고, 사기꾼들은 국제적으로 놀고 있다.

거기에다가 자신들이 만든 회사도 말 그대로 이럴 때 쓰는 유령 기업이다.

당연히 실적이 없을 수밖에 없다.

"이탈리아에서 한국의 도자기가 그렇게 큰 시장도 아닌데 우리가 위험부담을 끼고 거래를 하고 싶지는 않네요."

아무리 거래 목적 자체가 없었다고 하지만, 그렇다고 해서 빈정거리는 노형진을 좋게 볼 수는 없었다.

"지금 우리를 모욕하는 겁니까?"

"사실이 그렇지 않습니까? 거기에 한국 도자기 시장이 있다는 것 자체가 믿기도 힘들고."

언성이 높아지기 시작했다.

사실 그럴 수밖에 없었다.

그들 입장에서는 노형진이 표적이니 애초부터 좋게 볼 수가 없고, 노형진은 그런 그들을 도발하는 것 자체가 목적이었기 때문이다.

그리고 언성이 높아지자 노형진의 계획대로 한 무리의 경찰들이 찾아왔다.

"신고가 있어서 들어왔습니다."

"어? 뭐야?"

아무리 국적이 다르다고 해도 마피아는 본능적으로 경찰을 알아볼 수 있다.

그리고 저도 모르게 움찔했다.

겁이 나는 것은 아니다.

하지만 계획이 틀어지기 때문이다.

"이분들이 우리를 위협하시더군요."

"아니, 그게 아니라 언성이 높아진 것뿐입니다."

"글쎄요. 언성이 높아졌다기보다는, 사기를 치려다가 걸리니까 우리를 위협한 것처럼 들렸습니다만."

경찰들은 물끄러미 그들을 바라보다가 어쩔 수 없다는 듯 노형진을 돌아보며 말했다.

"죄송한데 여권을 좀 달라고 해 주시겠습니까?"

세 사람의 얼굴에는 당혹감이 가득해졌고, 반면에 노형진의 얼굴에는 살짝 미소가 떠올랐다.

함정을 이용한 함정

"그들이 주변으로는 오지 않습니다. 아마도 경찰에게 걸린 게 꺼림칙한 모양이더군요."

사실 언성을 높여 다툰 자체는 경찰이 부를 정도는 아니었다.

그러나 노형진이 경찰을 부르도록 이야기를 해 놔서 경찰이 온 것이다.

"아마 당분간은 조심할 겁니다. 저와 트러블이 있는데 제가 죽으면 그들 입장에서는 곤혹스러울 수밖에 없으니까요."

"그건 알겠습니다만, 그래도 저들이 쉽게 포기할 것 같지는 않은데요."

고문학은 걱정스럽게 말했다.

경호 팀이 현재 노형진을 밀착 경호하고 있기는 하지만 스물네 시간 삼백육십오 일 매일같이 할 수는 없는 노릇이다.

"결국 저들을 잘라 내야 하는데요, 방법이 없습니다. 신고를 하실 생각입니까?"

신고를 한다고 해도 결국은 끝없는 악순환이 계속될 거라는 것을 알고 있는 고문학은 걱정스럽게 물었다.

"아니요. 신고 안 할 겁니다. 다만 그들의 원한을 제가 아닌 두한으로 돌릴 겁니다."

"두한요?"

고문학은 깜짝 놀랐다.

대충 상황이 어떤지는 들었다.

그런데 갑자기 여기서 두한이 나오다니?

"두한은 의뢰인 아닙니까?"

"두한은 의뢰인이지요."

두한이 의뢰인인 것은 맞다.

"하지만 그들의 의뢰 목적을 속일 생각입니다."

"네?"

"두한이 저를 죽이려고 하는 건 사실이지요."

노형진은 고개를 끄덕거렸다.

"하지만 그게 사실인지, 마피아는 모르죠."

"그게 무슨 말씀입니까?"

"만일 두한의 목적이 제가 아니라 마피아라면?"

"네?"

"만일 두한이 제가 아니라 마피아를 노린 거라면요? 과연 마피아는 어떤 반응을 보일까요?"

고문학은 고개를 갸웃했다.

이해가 가지 않았기 때문이다.

"그게 무슨 말씀이신지요?"

"제가 미국 정부 쪽에 좀 알아보니까, 그들은 미국의 추적을 받고 있는 대상이더군요."

다만 증거가 없어서 체포하지 못할 뿐이었다.

"그들에게서 정보를 캐낼 겁니다. 정확하게는, 마피아 내부의 정보를요."

"그게 무슨 말씀이시죠?"

"이런 거죠."

노형진은 사실 진짜 목표가 아니라 미끼일 뿐이다.

CIA가 두한과 손잡고 그들을 외부로 끌어낸 것이다.

그들에게서 정보를 캐내어 마피아의 비밀을 알아내기 위해.

"그게 가능할 리 없지 않습니까?"

가능할 리 없다.

전통적으로 마피아는 다른 조직들에 비해 훨씬 결속력이 강하다.

스스로를 패밀리라 부르는 데에는 다 이유가 있는 것이다.

"불가능하죠, 보통은."

노형진은 살짝 웃었다.

"하지만 전 가능합니다."

⚖️

노형진은 남상진을 통해 뒤쪽 세계에 조용히 소문을 퍼트렸다.

소문 자체는 간단했다.

두한이 미국의 CIA와 손잡고 그들을 도와주는 대신에 미국 진출을 보장받았다는 내용.

'실제로 두한이 미국 진출에 박차를 가하고 있으니까.'

물론 지금도 충분히 진출하고 있기는 하지만, 그렇다고 해도 외국 기업이라는 이미지가 사라지는 것은 아니다.

당연하게도 그에 따른 마이너스적인 부분이 존재한다.

"정확한 내용도 아니고 그냥 이런 소문으로 충분할까요?"

"정확하면 도리어 의심할 겁니다."

이런 소문은 어디선가 흘러나올 수도 있는 내용이지만, 정확한 정보가 나온다는 것은 누군가가 정보를 흘렸을 가능성도 존재한다는 것이다.

"중요한 건 의심을 불러일으키는 거죠."

노형진은 바깥을 보면서 말했다.

서울 시내에 있는 호텔.

미켈레 그레코를 비롯한 마피아 세 명은 5성급 호텔에서

숙식을 해결하고 있었다.

"다행히 그들은 당분간은 움직일 계획이 없는 것 같네요."

노형진의 예상대로 경찰이 출동하고 나서 그들은 섣불리 움직이지 못했다.

도리어 살짝 방심한 듯 여기저기 관광을 다니기 바빴다.

"그게 자연스러우니까요."

일이 틀어졌다고 해서 바로 귀국할 수는 없다.

그러면 남은 시간은 자연스럽게 관광을 다니는 것이 정상이다.

"그리고 대부분의 짐은 호텔에 두는 것이 보통이고요."

노형진은 피식 웃으며 호텔로 들어갔다.

그리고 바로 12층으로 올라갔다.

그들이 방문 앞에 도착하자 문은 활짝 열려 있었다.

노형진은 마치 주인인 것처럼 자연스럽게 안으로 들어갔다.

"청소부라……. 확실히 그들도 그건 생각하지 못했네요."

"보안이 철저한 호텔이니까요."

보안이 철저한 호텔이다.

그래서 도둑질을 걱정하지 않는다.

"하지만 사람은 다녀야 합니다. 그럴 수밖에 없죠."

5성급 호텔이다.

사람이 나가면 설사 투숙객이 장기 계약을 한 곳이라 할지라도 들어가서 청소를 하고 물건을 채워 놔야 한다.

"그리고 청소하는 분들은 마스터키를 가지고 다닙니다."

그래야 투숙객이 나간 방을 청소할 수 있으니까.

"하지만 그만큼 문제가 될 만한 건 없다는 뜻 아닌가요?"

만일 총기류나 위험한 약물이 있다면 아마도 그들은 청소 금지 표지판을 걸어 두거나 다른 보관 장소를 알아 놨을 것이다.

즉, 이곳에서 건질 만한 건 없다는 거다.

"일단은 들어가 보는 겁니다."

노형진은 그저 웃으며 말했다.

그가 직접 사이코메트리 능력이 있다고 이야기할 생각은 없으니까.

아직 청소가 되지 않은 호텔의 공간.

노형진은 빈 침대에 앉아서 장난스럽게 탕탕 두들기며 생각에 잠겼다.

'여기서 캐리어를 열어 보는 건 바보 같은 짓이지.'

직원이 청소는 하지만 캐리어는 열어 보지 않는다.

그리고 애초에 이렇게 놓고 다니는 캐리어에 중요한 물건을 넣어 둘 리도 없다.

"혹시 모르니 바깥에서 그들이 다시 오는지 확인해 주시겠습니까?"

"그러지요."

고문학은 순순히 고개를 끄덕거리고 바깥으로 나갔다.

이것이 법이다

그리고 노형진은 캐리어를 살펴보는 대신에 정리되지 않은 침대로 다가갔다.

'그들은 세 명.'

그리고 방 안에 있는 의자는 두 개뿐이다.

당연하게도 세 사람이 이야기하기 위해서는 누군가 침대에 앉아야 한다.

'과연 무슨 이야기를 했을까.'

노형진은 손을 침대에 대고 눈을 감은 후 천천히 어젯밤의 기억을 읽어 내기 시작했다.

잠깐의 어둠 이후에, 그의 눈앞에서 어둠이 사라지고 호텔의 방 안 풍경이 펼쳐지면서 두 사람의 대화가 들려왔다.

"지금 당장 공격하는 건 무리야."

"그럼 그냥 돌아가자고?"

"그건 아니야. 일단 계약을 했으니 섣불리 돌아갈 수는 없지. 다만 걱정되는 건 본가에서 온 이야기야."

"두한이 CIA와 손잡았다는 거?"

침대에 앉아 있던 기억의 주인이 두 사람의 대화에 끼어들었다.

미켈레 그레코였다.

"설마 그럴 리가."

"하지만 아시아 쪽에서 우리한테 의뢰가 들어온 경우는 드물잖아."

유럽계인 이탈리아의 마피아는 삼합회나 일본 쪽보다 훨씬 비싼 비용을 내야 한다.

그런데 어째서인지 두한은 자신들을 선택했다.

"미켈레, 혹시 아는 거 있어?"

"나도 아는 건 없지. 아는 거라고는 노형진인가 뭔가 하는 놈의 신상뿐이야."

"그놈이 보통 놈이 아니기는 하지. 그래서 우리한테 맡긴 것일 수도 있지만……."

건너편에 있는 남자는 그렇게 말하면서 턱을 슬슬 문질렀다.

"마티아, 뭔가 의심스러운 거야?"

"본가에서 온 말이 영 의심쩍어. 우리를 부른 놈들이 CIA 와 손잡았다는 소문이 돈다는 것이 말이야."

"설마."

"설마라고 하지만 우연치고는 공교롭지 않아? 지금까지 우리한테 의뢰를 한 아시아 기업은 없어. 그런데 주변에 중국이나 일본, 동남아가 있는데도 불구하고 왜 군이 우리에게 청부를 했을까? 사실 사람 하나 죽이려는 것뿐이라면 그 애들이 훨씬 더 싸고 편한데. 알잖아, 한국의 수사력은 형편없어. 사건이 끝나고 해외로 튀면 딱히 잡으려고 하지도 않는 게 한국의 경찰이야. 그런데 군이 우리한테까지 의뢰한 게 이상하지 않아?"

마티아의 말에 나머지 두 사람도 잠깐 고민하는 듯했다.

그러나 결국은, 일단은 조심해서 움직이자는 결론으로 끝날 수밖에 없었다.

"자기 꾀에 자기가 빠진 셈이지."

노형진은 피식 웃으면서 침대에서 손을 떼어 냈다.

그의 예상대로 이상한 소문 하나에 이들이 두한에 의심을 가지기 시작한 것이다.

"두한 놈들, 머리를 겁나 썼는데 거기에 자기가 빠질 줄은 몰랐겠지."

노형진은 그렇게 말하면서 캐리어로 다가갔다.

물론 그걸 열어서 헤집어 볼 생각은 없었다.

어차피 쓸 만한 정보는 없을 테고 말이다.

하지만 캐리어라는 것은 여행 때마다 자주 쓰는 물건이다.

그리고 어지간하면, 한 번 사면 오래 쓰는 물건이기도 하다.

당장 세 개의 캐리어는 오래된 흔적이 가득했다.

노형진은 캐리어에 손을 올리고 기억을 읽기 시작했고, 곧 얼굴에 미소가 떠올랐다.

"빙고."

⚖️

"잡자고요?"

CIA 한국 지부의 요원인 빌 모리슨은 깜짝 놀랐다.

사전에 보고받기는 했지만 터무니없는 이야기가 나왔기 때문이다.

"네. 정확하게는 두한을 이용해서 잡았으면 합니다. 모든 죄는 두한이 뒤집어써야 하거든요."

"그거야 어렵지 않습니다만……."

아무리 대한민국 정부가 자주 국방을 외친다고 해도, 사실상 미국에 여러 가지로 기댈 수밖에 없다.

특히나 정보전에 관해서는, 미국이 빠지면 대한민국 정부는 아무런 행동도 할 수 없는 수준이었다.

전 정권과 현 정권은 자신들의 정치적 라이벌과 국민의 감시를 위해, 정보 조직들 중 해외 지부를 없애고 그 인력을 국내 감시로 돌려 왔기 때문이다.

"하지만 그러면 당신에게 보복이 들어갈 겁니다. 우리 요원이 알려 주지 않던가요?"

빌은 자신이 보낸 요원이 제대로 알려 주지 않았나 하는 생각에 고개를 갸웃했다.

미국 정부 입장에서 노형진은 최대 보호 대상이다.

특히 CIA는 그가 운영하는 회사에서 투자 정보를 얻어 극비 자금을 운용하여 얻는 수익으로 어느 때보다 풍족하게 활동할 수 있었던 터라, 원한다면 노형진을 위해 암살이라도 해 줄 수 있었다.

"그래서 두한을 끼게 하자는 겁니다. 요즘 도는 소문이 있지 않던가요?"

"두한이 우리랑 손잡고 그들을 이끌어 냈다는 소문요?"

역시나 정보 조직답게 뒤쪽 세계에서 도는 소문에 무척이나 빠르게 반응하고 있었다.

"그걸 기정사실화시켜 주시면 됩니다."

"으음……."

빌 모리슨은 턱을 문질렀다.

"그렇게 된다면야 확실히 쓸 만한 작전이기는 합니다만."

그렇게 되면 노형진은 표적이 아니라 미끼일 뿐이라는 소리다.

그리고 그런 함정을 판 두한을 이탈리아의 마피아가 그냥 두고 보지는 않을 것이다.

미끼를 죽여 봐야 두한 좋은 일만 해 주는 것이니 손을 대지 않을 테고.

"미 정부에서 두한의 미국 진출을 적극적으로 도와줬으면 합니다. 소문이 그러니까요."

이탈리아 마피아 박멸에 도움을 주는 대신에 미국 진출을 도와준다, 그게 시중에 도는 소문이다.

"그건 좀 어렵지 싶은데요?"

아무리 CIA라고 해도 미 정부의 정책에 관여할 수는 없다.

한국의 국정원이야 특정 정당이나 특정인을 위해 대놓고

정치에 관여를 하지만, 미국은 그런 경우 심각한 탄핵 사유가 되고 더군다나 CIA의 경우 공식적으로 그들의 한계는 미국 외부의 정보전이지 자국 내에는 영향력을 행사할 수 없다.

"아니요. 진짜로 도와 달라는 게 아닙니다. 그냥 두한 쪽의 인물을 미국의 고위 관료들이 연달아 만나 주는 정도면 됩니다."

그 정도만 해도, 기존의 미 정부의 방향을 생각하면 미국 진출을 도와주겠다는 의미처럼 보일 테니까.

"그러면 두한이 미국 진출에 대한 꿈을 가질 텐데요?"

빌 모리슨은 고개를 갸웃했다.

"두한에 원한을 가지고 있지 않으신가요?"

"가지고 있지요."

"그런데 진출을 도와주시려고요?"

"외부적으로만 그렇습니다. 사실 실제로 진출하려고 해도 아마 두한 입장에서는 쉽지 않을 겁니다."

"어째서요?"

"마피아가 그냥 둘까요?"

"아아."

한국이나 아시아 쪽에서 이탈리아 마피아의 힘은 그다지 강하지 않다.

하지만 미국이나 유럽 쪽에서 그들의 힘은 상상 이상이다.

자국이 아니기 때문에 정치적 힘까지 가지지는 못하지만,

총기 자유국인 미국에서 사람 두어 명 죽이는 건 식은 죽 먹기일 것이다.

"하긴, 그들이라면 그러고도 남지요."

다른 갱단처럼 가까이 다가가서 기관총으로 갈기는 것도 아니다.

그들쯤 되면 저격총을 사서 쏴 버리고, 그 총을 버리고 도망가면 그만이다.

미국에서 단발 라이플 하나 사는 데 기껏해야 400만 원 선인데 그 정도야 그들에게는 돈도 아니니까.

"무슨 뜻인지 알겠습니다."

아무리 두한이 미국 진출을 원한다 한들, 나가는 족족 총알이 날아오는데 누가 미국 진출을 시도하겠는가?

"하지만 그 정도로 두한에 원한을 가지려면 단순 체포로는 안 될 텐데요?"

설사 체포를 한다고 해도 명확한 증거 없이는 처벌이 힘들 테고 말이다.

"그거라면 걱정하지 마세요. 이 정도면 마피아가 제대로 화가 날 테니까요."

노형진은 자신이 읽은 기억을 정리해 놓은 파일을 스윽 건넸다.

그걸 받아 든 빌 모리슨은 얼굴이 딱딱하게 굳었다.

"이게 사실입니까?"

"네, 확실합니다. 제 정보 라인에서 얻어 낸 겁니다."

"이걸 어떻게……?"

세계 최강의 정보 조직이라는 CIA조차도 얻어 내지 못한 정보들.

미국과 유럽의, 마피아 협력자들이었다.

쉽게 말해서 각 지역의 지부들이다.

'어떻게 이럴 수가 있지?'

자신들도 이런 정보를 얻기 위해 최선을 다했다.

하지만 이런 정보를 얻는 건 쉽지 않다.

이걸 다 알 정도면 거의 마피아 최상위 라인이어야 하는데, 스스로 패밀리라 부르는 마피아이고 실제로도 최상위 조직원들은 가족인지라 이 정보를 얻는 정도까지 접근하는 게 쉬운 일이 아니었다.

"전부는 아닐 겁니다."

노형진은 그렇게 말하면서 미소를 지었다.

'하지만 확실하지.'

노형진의 표적은 애초부터 그들이 끌고 다니는 캐리어였다.

그들이 암살을 하러 다닐 때마다 캐리어를 끌고 다녔을 텐데, 그곳에서 혼자 움직이기보다는 그 지역 조직원들의 도움을 받았을 테니까.

'한국에야 관련 조직이 없다지만.'

하지만 유럽이나 미국은 없을 수가 없다.

"어떻게 생각하십니까?"

"이 정도면……."

정확한 주소와 관련자들의 이름까지, 이 정도면 아마 미국 내의 마피아 세력은 엄청나게 큰 타격을 받을 수밖에 없을 것이다.

"마피아가 큰 타격을 입겠군요."

이런 정보가 가지는 가치는 어마어마하다.

이걸 얻기 위해서라면 아마 요원 서너 명은 목숨을 걸어야 할 거다.

"두한의 미국 진출, 확실하게 도와주실 수 있나요?"

빌 모리슨은 살짝 미소를 지었다.

"최선을 다하겠습니다, 후후후."

⚖

미켈레 그레코는 기분이 이상했다.

전문 킬러로 훈련을 받고 몇 년을 살아왔다.

그중에는 당연히 주변의 감시를 간파하는 훈련도 있었는데…….

"우리를 감시하는 놈들이 많아."

주변을 보면서 그는 불안한 듯 말했다.

"어째서? 우리가 잘못한 게 있나?"

마티아는 눈을 살짝 찡그렸다.

자신들이 한국에서 한 게 없는데 감시하는 시선이라니?

"혹시나 정보가 샌 걸까?"

"누가 오는 줄도 모르잖아?"

"두한은 우리가 오는 줄 알고 있지."

"헛소문인 것 같은데."

"글쎄."

오늘 아침 뉴스로, 미다스와 두한이 대규모 투자에 대한 협상을 시작했다는 이야기가 나왔다.

그리고 미국에서 두한의 투자에 긍정적 신호를 보내고 있다는 소문도 돌고 있었다.

"하지만 두한이 미치지 않고서야⋯⋯."

그는 미치지 않고서야 자신들을 건드리지는 않을 거라 생각했다.

"그건 어디까지나 이탈리아 기준이잖아. 그놈들이 이탈리아에 진출할 게 아니라면 그럴 수도 있지."

"미심쩍은데."

그들은 눈을 찌푸렸다.

아무리 생각해도 말이 안 되는 부분이 많다.

물론 표적인 노형진이 두한의 유일한 후계자를 살인으로 감옥에 넣은 것은 알고 있다.

그래서 죽일 만하다고 생각해서 의뢰를 받아들인 것도 사실이다.

'하지만 상황이 점점 이상해져.'

갑자기 미국에서 친두한 정책을 펼치는 것도 이상하다.

거기에다 소문 자체도 이상한 일이다.

그 순간 울리는 벨 소리.

"예, 아버지."

아버지라는 말에 다들 움찔했다.

아버지라는 존재.

물론 진짜 아버지일 수도 있지만, 지금 들고 있는 핸드폰의 번호를 아는 사람은 진짜 아버지가 아니다.

그러면 그들의 공통적인 아버지, 즉 파더라 불리는 조직의 보스일 수밖에 없다.

"그런가요? 알겠습니다. 바로 출발하겠습니다."

고개를 끄덕거린 미켈레 그레코는 전화기를 끄고 바로 두 사람을 바라보았다.

"한국을 뜬다."

"한국을 뜬다고? 일은?"

"일이 심상찮아. 미국 통상 장관과 두한의 주미 담당자가 만났다고 하더군."

"뭐라고?"

다른 사람도 아니고 미국 통상 장관이 일개 기업인을, 그것도 한국 기업의 지점장을 만날 일은 없다.

아무리 두한이 한국에서 큰 기업이라고 해도 미국의 기업보다는 훨씬 작은데, 그 큰 미국의 기업도 통상 장관을 만나기 위해서는 회장 레벨이 되어야 한다.

노형진이 과거의 일을 가지고 가벼운 부탁을 한 것뿐이었지만, 자세한 사정을 모르는 이들 입장에서는 심각한 문제였다.

"아무래도 미국에서 두한을 적극적으로 밀어주는 것이 의심스러워. 우리가 미끼에 걸린 걸 수도 있어."

"하지만 우리를 잡는다고 해서 뭐가 달라지는데?"

그들은 그게 이해가 가지 않았다.

자신들이 잡혀 들어간다고 해서 뭐든 다 불 거라고 생각하면 큰 오산이다.

그 자리에서 죽으면 죽었지, 형제와 패밀리에 대해 이야기할 생각은 전혀 없으니까.

"모를 일이야. 중요한 건 지금 상황이 의심스럽다는 거야."

이들의 일은 '괜찮겠지.'라는 안일한 생각으로 수행해도 되는 종류의 것이 아니다.

조금이라도 의심스럽다면 바로 그곳을 떠나야 한다.

"바로 인천공항으로 간다. 일단 한국을 떠나는 가장 빠른 비행기를 타고 이탈리아로 돌아간다."

미켈레 그레코는 다른 사람들을 이끌고 바로 공항으로 가려고 했다.

하지만 그는 이내 자신들을 에워싸는 사람들 때문에 멈출 수밖에 없었다.

"경찰입니다."

잔뜩 긴장한 채 다가오는 남자들.

그들의 손은 하나같이 허리춤으로 가 있었는데, 거기에는 권총이 있었다.

"무슨 일이십니까?"

"동행해 주셔야겠습니다."

"우리는 지금 출국해야 합니다만?"

"그건 우리가 알 바 아니고요."

영어로 이야기하는 한 명의 경찰을 제외하고는 좀 떨어진 곳에 있는 수십 명의 경찰들.

그걸 보고 미켈레 그레코는 눈을 찌푸렸다.

"망할."

아마도 자신들이 마피아라는 이야기를 들었을 것이다.

그러니 자신들을 이렇게 경계하고 있을 테고 말이다.

"우리한테 무슨 잘못이 있다고 이러십니까?"

"자세한 건 같이 가 보시면 압니다."

그렇게 말하면서도 경찰은 속으로 침을 꿀꺽 삼켰다.

'진짜로 총질하지는 않겠지.'

상부에서 이탈리아 마피아인 만큼 총을 가지고 있을 가능성도 있으니 조심하라는 이야기를 하기는 했다.

물론 설마라고 하지만, 마피아라는 말이 은근히 부담이 안 될 수가 없었다.

"응하지 않으시면 강제로 연행하는 수밖에 없습니다."

선두에 선 경찰이 슬쩍 손을 올리자 뒤쪽에 있는 경찰들이 당장이라도 달려들 태세를 취한다.

몇몇은 벌써부터 3단 봉을 펼치면서 덤빌 듯한 태도를 보였다.

'염병.'

미켈레 그레코는 눈을 찌푸렸다.

하지만 지금 벗어날 수 없다는 건 바로 그가 누구보다 가장 잘 알고 있었다.

"천천히 손 드세요. 그 캐리어에서도 손 떼시고요."

그들은 천천히 손을 머리 위로 올리는 것 말고는 할 수 있는 게 없었다.

⚖

빌 모리슨은 노형진의 말대로 그들을 체포하고 나서 좀 있다가 노형진에게 얻은 정보를 공개했다.

물론 그들은 아무런 말도 하지 않았다.

하지만 그 결과를 알게 된 마피아 입장에서는 눈이 돌아갈 일이었다.

"뭐라고?"

"미국 지부와 유럽 지부 중 일부가 당했습니다. 거의 동시에 돌입한 걸 봐서는, 어디인지 정확하게 알고 들어간 겁니다."

그렇지 않다면 각 국가가 다 다른데 그곳이 한꺼번에 당할 수는 없다.

"관련 증거가 모조리 털렸고, 관련된 유령 기업들에 대한 조사도 시작되었습니다. 피해 금액이 1억 달러를 넘어갈 거라 예상하고 있습니다."

회의 중인 사람들의 입에서는 이빨이 나가는 소리가 들려왔다.

1억 달러. 원화로 따지면 천억이 넘는 어마어마한 돈이다.

하지만 한두 곳이 털린 것도 아니고, 거기에다가 해당 국가에 있는 유령 기업들이나 자금 세탁 기업들까지 모조리 털리는 바람에 심각한 문제가 되고 있었다.

"어떻게 생각하나? 이게 우연이라고 생각하나?"

패밀리의 보스는 차분하게 말했다.

이런 상황에서 흥분하면 도리어 품격이 떨어진다는 걸 알기 때문이다.

"그건 아니라고 생각합니다. 아마도 잡혀간 자들이 입을 연 거라 생각됩니다."

"확실한가?"

"해당된 곳들은 모두 그 세 사람이 한 번이라도 함께 일한 곳입니다."

보스는 의자에 기대어 왼손으로 오른손에 끼고 있는 반지를 만지작거리면서 눈을 살며시 감았다.

"요즘 아이들이 과거에 비해 인내심이 좀 약하기는 하지."

"죄송합니다, 아버지."

"아니다. 너희 잘못은 아니지. 다만 그에 대한 보상은 내려야지."

"현재로써는 무리입니다."

세 사람이 잡힌 곳은 한국이지만, 현재 CIA의 보호를 받고 있다.

물론 그들은 그런 사실도 모르고 입을 꾹 다물고 있지만 말이다.

"가족들에게 소식을 전해 주도록 해."

"알겠습니다, 아버지."

그게 무슨 뜻인지 알아들은 보고자는 고개를 끄덕거렸다.

"다음 문제는 두한이라고 했나? 그놈들이군. 어떻게 생각하나?"

"소문이 맞는다고 생각합니다. 미 정부에서 적극적으로 두한의 미국 진출을 도와주고 있습니다."

"표적이 판 함정일 가능성은?"

"없다고 보입니다. 두한에 투자 협상을 하는 곳 중 하나가 바로 마이스터입니다. 그리고 우리의 표적은 마이스터의 한국 대리인입니다."

"음."

만일 알았다면 지금처럼 투자 협상을 하지는 않을 것이다.

그들은 그렇게 생각했다.

물론 틀린 말은 아니다.

다만 노형진이 그걸 노렸다는 걸 그들이 모를 뿐.

투자 협상 자체는 진행될 것이다.

하지만 협상을 한다고 해서 모두 결과가 도출되는 것은 아니다.

"현 상황으로 보면 두한이 우리를 속이고 노형진이라는 미끼를 이용해서 끌어낸 거라고 생각됩니다. 생각해 보면 우리에게까지 와서 도움을 요청한 것 자체도 이상하기는 했습니다만."

"그에 대한 보상을 해 줘야겠군."

보스는 눈을 지그시 감으며 말했다.

"그러면 표적은 어떻게 할까요?"

"그놈이 두한의 후계자를 감옥에 넣은 건 맞나?"

"맞습니다."

"그러면 그냥 둬."

자신들이 속은 이유가 그거다.

그렇다는 건, 노형진 스스로가 알고 미끼 노릇을 해 준 것은 아니라는 소리니까.

"하지만 믿음을 저버린 사람들에게는 따끔한 교육이 필요하겠어."

"알겠습니다, 아버지."

고개를 숙이면서 나가는 사람들.

보스는 눈을 지그시 감고 의자에 기대어 계속 반지를 만지작거렸다.

"두한이라……."

그의 머릿속에서는 두한이라는 이름이 떠나지 않았다.

쾅!

두한은 난리가 났다.

미국 진출에 아주 좋은 기회가 왔다고 잔뜩 들떠 있었는데, 미국 진출을 위해 파견한 직원들 중 벌써 다섯 명이 피습되었다.

그중 세 명이 죽었고 두 명은 중상이다.

누가 죽이려고 들었는지 알 수조차 없었다.

한술 더 떠서 황당한 소문이 들려왔다.

"마피아에서 두한의 사람에게 현상금을 걸었다고?"

"네, 멕시코 갱단 사이에 소문이 파다하답니다. 두한 직원을 납치해 오면 하위직은 3천 달러, 중위직은 5천 달러, 최고위직은 1만 달러를 준다고 했답니다."

"뭔 말도 안 되는 개소리야!"

"개소리가 아닙니다. 현실입니다, 회장님."

그 소문이 도는 곳은 다름 아닌 멕시코에 있는 두한의 공장이었다.

인건비를 낮추기 위해 두한은, 미국 수출량은 가까운 멕시코에서 만들어서 판매하고 있었다.

그런데 멕시코에 그런 소문이 돌더니 실제로 두한의 직원 네 명이 납치되었다.

다행히 죽지는 않았지만 말 그대로 개 처맞듯이 맞고 돌아왔고, 그 이후로 멕시코 공장은 직원들이 너무 많이 그만둬서 제대로 돌아갈 수가 없는 수준이었다.

"젠장! 다 나가!"

이상주 회장은 눈이 돌아갔다.

당장 매일같이 어마어마한 피해가 발생하고 있는데 그걸 해결할 방법이 없었기 때문이다.

"네?"

"나가라고!"

그는 직감적으로 여기서 회의를 해도 해결이 안 된다는 것을 알고는 회의를 끝냈다.

아니, 이걸 이야기할 만한 사람은 한 명뿐이다.

"동춘이! 너는 남아."

"아…… 네…… 네……."

수동춘 이사는 이상주의 말에 엉덩이를 떼려다가 엉거주춤하게 다시 붙일 수밖에 없었다.

그리고 다른 이사들이 나가자 이상주는 눈에 불을 켜고 노려봤다.

"어떻게 된 거야! 깔끔하게 처리했다면서!"

그런데 어째서 마피아가 자신들을 노린단 말인가?

"그게…… 이상한 소문이 돌았습니다. 우리가 CIA와 손잡고 노형진을 미끼 삼아서 그들을 끌어냈다는……."

수동춘은 이사의 직함을 달고 있지만 더러운 뒤쪽 세계에 선을 만들어 둔 사람이었다.

그리고 이번 일을 진행한 사람이기도 하고 말이다.

"그런데 왜 우리가 이 꼴이 난 거냐고!"

"저도 잘 모르겠습니다."

시선에서 벗어나기 위해 온갖 방법을 다 썼다.

심지어 가짜 정보까지 뿌려 놨는데, 어떻게 된 일인지 도리어 자신들이 표적이 되어 버렸다.

"타이밍 문제라고 할 수밖에……."

의뢰를 했는데 이상한 소문이 나고, 동시에 불러들인 킬러들이 체포당했다.

그리고 마피아의 미국과 유럽의 지점들이 소탕되면서, 졸지에 자신들이 진짜로 그들을 함정에 빠트린 듯한 모양새가 되어 버렸다.

"젠장! 이거 설마 노형진이 한 짓거리는 아니지?"

"설마요. 그럴 리 없습니다."

노형진이 CIA와 관련이 있다는 사실을 모르는 그들은 당연히 우연이라 생각했다.

"그나저나 이거 어쩔 거야?"

엉뚱한 쪽으로 일이 벌어지자 그들이 할 수 있는 일은 거의 없었다.

"죄송합니다."

"죄송? 지금 죄송이면 다야? 죄송이면 다냐고!"

이상주는 언성을 높였지만, 달라지는 건 아무것도 없었다.

⚖

"협상을 했다고요?"

얼마 후 노형진은 빌 모리슨에게서 사건의 결말을 들을 수 있었다.

"네. 두한 쪽에서 마피아 쪽에다가 2억 달러를 배상하는 조건으로 일을 마무리 지은 걸로 알고 있습니다."

"피해가 크겠네요."

노형진은 실실 웃으며 말했다.

마피아는 이번 일로 이제 자신에게 신경을 끌 테고, 두한

역시 타격이 커서 쉽게 움직이지 못할 것이다.

물론 두한쯤 되면 2억 달러 정도의 비자금은 돈도 아니겠지만 말이다.

"그런데 왜 현상금을 거신 겁니까?"

빌 모리슨은 이해가 가지 않는다는 듯 말했다.

"멕시코 공장이 멈추는 건 두한에 타격이 큰 일이긴 합니다만, 미스터 노가 직접 현상금을 걸어 가면서 할 일은 아닌 것 같은데요."

사실 멕시코 공장에 현상금을 건 것은 노형진, 아니 CIA였다.

노형진의 부탁을 받고 그곳에서 그런 현상금을 걸었고, 예상대로 공장은 바로 멈춰 버릴 수밖에 없었다.

"사람을 그냥 죽일 수는 없지 않습니까?"

노형진은 어깨를 으쓱했다.

"두한이 밉다고 하지만, 그 아래에서 일하는 사람들은 죄가 없습니다."

두한은 공식적으로 정상적인 기업이고, 그 아래에서 일하는 대부분의 사람들은 일반 민간인이다.

"만일 그냥 둔다면 마피아는 무차별적으로 두한 관련 인물을 암살하겠지요."

사실 그럴까 하는 생각도 했다.

하지만 이내 고개를 흔들었다.

"하지만 두한의 성향을 보면 별 의미가 없을 것 같더군요."

사람 목숨을 파리 목숨으로 아는 게 대한민국의 대기업이고, 그중에서도 직접적으로 암살자까지 고용하는 게 두한이다.

그런데 미국에서 직원 몇 명 죽어 나간다고 겁을 먹고 멈출까?

'그럴 리 없지.'

그들에게 직원이란 언제든 대체할 수 있는 부속 같은 거다.

그런 만큼 수십 명이 나가 죽더라도 계속 미국으로 사람을 보낼 것이다.

"그러느니 차라리 두한에 직접적 타격을 주는 게 훨씬 나은 거죠."

그래서 멕시코 공장의 근로자들에게 현상금을 건 거다.

애초에 진짜 마피아였다면 죽여서 데리고 와도 상관없다고 했을 테지만, 노형진은 그럴 수가 없어서 납치해 오는 조건을 달고 적당히 두들겨 패서 돌려보냈다.

"맞은 사람 입장에서는 억울하겠지만요."

하지만 안 그래도 멕시코의 갱단 때문에 폭력 조직이라는 부분에 두려움을 가지고 있던 직원들은 출근을 거부했고, 사실상 멕시코 공장은 멈출 수밖에 없었다.

"대한민국의 대기업은 백 명의 목숨보다 하루 치 수익이 줄어드는 것을 더 겁냅니다."

실제로 삼풍 백화점 사고 당시, 건물에 금이 가며 붕괴 조짐을 보이고 있음에도 불구하고 백화점 대표는 '사람들을 대피시키면 오늘 매출은 너희가 책임질 거냐.'라고 하면서 대피 방송을 하지 않아서 수백 명이 죽게 만들었다.

그에게는 수백 명의 목숨보다는 그날 벌어들일 돈이 더 중요했던 것이다.

"공장이 멈추니까 협상을 하기 시작한 거군요."

"맞습니다."

아마 마피아식으로 수십 명씩 죽어 나가도 회장이나 그 일가친척에게 영향이 없다면 그들은 눈 하나 깜짝하지 않았으리라.

"오래 끌 싸움도 아니었고요."

당장 두한과의 악연이 걸리기는 하지만, 애꿎은 사람 수백 명을 죽일 수는 없는 노릇이 아닌가?

"아마 당분간은 그들도 움직이지 못할 겁니다."

킬러의 세계는 이런 부분에서는 소문이 빠르다.

한번 속임수를 쓴 두한과 거래를 할 만한 조직은 없을 것이다.

"해당 사실을 CIA에서 한국 정부에 알려 주시고 나면 그들도 움직이기 힘들 거고요."

정부 입장에서는 대기업에 뭐라고 할 수는 없어도 경고 정도는 할 테고, 정부가 보고 있다는 걸 알고서도 두한이 섣불리 움직이기는 힘들 것이다.

이것이 삶이다

"알겠습니다. 덕분에 우리만 대박 났네요."

"대박이라는 말도 아십니까?"

"그래도 한국에서 제법 활동했으니까요."

마피아는 잡혀간 세 사람이 배신을 했다고 생각하고 그들의 가족을 살해했다.

그리고 그 소식을 들은 세 사람은 그 충격에 마피아를 배신하고 아는 정보를 모조리 이야기했다.

당연히 그 안에는 노형진이 읽어 내지 못한 정보도 존재했다.

서로가 서로를 배신했다고 생각한 결과였다.

"다음에 이런 건이 있으면 또 연락 주십시오."

빌 모리슨이 자신의 손을 꽉 잡자 노형진은 애매하게 웃을 수밖에 없었다.

"이런 일이 자주 있는 건 곤란한데요, 하하하."

아무리 잘 해결되었다고 해도, 목숨에 위협이 가해지는 것은 그다지 반가운 일은 아니었다.

'하지만 그렇게 쉬운 생은 아닐 것 같단 말이지.'

왠지 한숨만 나오는 노형진이었다.

쓰레기 인생이라고
책임감도 쓰레기인 것은 아니다

"야, 나 사람 하나만 찾아 주라."

"뭐?"

노형진은 오광훈의 부탁에 깜짝 놀랐다.

그가 지금까지 쓸데없는 부탁을 가끔 하기는 했지만, 이렇게 진지한 얼굴로 부탁하는 것은 처음이었기 때문이다.

"너 손 씻었다면서?"

"어? 그런데?"

"그런데 무슨 원한을 가지고 있기에 되살아났으면서 누굴 또 담가 버릴려고 그러는 거야?"

"어? 내 얼굴이 그런 얼굴이었냐?"

"진지하게 이번 생을 걸고서라도 공구리 치겠다는 얼굴이었다."

"헐."

오광훈은 자신도 모르게 혀를 끌끌 찼다.

하지만 이내 고개를 저었다.

"아니, 그건 아니고, 새해도 되었으니까 마음에 걸리는 게
있어서 그래."

"그러니까 누구를 새해부터 공구리 치려고 하는 건데?"

"그런 거 아니라니까."

"그럼 공권력을 가지고 밀어 버리게?"

"내 이미지가 그런 이미지냐?"

"그러면? 네가 선량하게 은혜 갚는 이미지라 생각했냐?"

"어? 진짜로 은혜 갚으려는 건데?"

노형진은 진짜로 놀랐다.

"진짜? 누구 하나 원한 갚으려는 게 아니고?"

"아, 쓰읍! 아니라니까! 은혜를 갚으려는 거야. 나, 인생은
더럽게 살았어도 은혜는 알고 지냈던 인간이다."

당당하게 말하는 오광훈.

"끄응."

노형진은 부정은 하지 않았다.

그리 긴 시간을 보지는 않았지만, 최소한 오광훈은 자신이
그은 선은 넘지 않는 사람이었다.

그 선까지의 폭이 너무 넓어서 그렇지.

"뭔데?"

"내 은사님 딸내미가 있었어. 내가 죽기 전까지 챙겨 주고 있었거든."

"그런데?"

"얼마 전 사건 해결하면서 기억이 났다. 나도 무심한 놈이지."

그는 회귀하기 전에 은사가 있었다고 한다. 은사라고 해 봐야 자신을 바른길로 인도해 준 그런 은사는 아니지만.

"그러니까 너를 조폭으로 받아 준 큰형님 딸내미다 이거잖아? 그건 니 인생 망친 거 아냐?"

"아닐걸. 나도 내 주제를 알아. 아마 그분이 아니었으면 내 확고한 신념도 없었을 거다."

조폭이기는 하지만 민간인은 건들지 마라, 아무리 돈이 좋아도 죽을 것 같은 사람 건드리는 건 아니다.

법정이자 받으라는 소리는 안 한다. 하지만 그거 못 낸다고 사람 담그지 마라.

마약과 인신매매는 인간 이하의 행동이니 절대 하지 마라 등등, 그의 선배는 그에게 조폭이기 이전에 그 바닥에서 최소한의 인간이 취할 자세에 대해 알려 줬다고 했다.

'그러고 보니 그랬네.'

오광훈은 분명 회귀 전에 마약을 취급하고자 하던 부하들의 배신으로 살해당했다.

즉, 스스로는 절대 그걸 하려고 하지 않았다는 소리다.

"그런데 그분이 사고로 돌아가셨거든."

"사고? 확실한 거야?"

"확실한 거야. 뭐 우리는 툭하면 다 쑤시고 다니는 줄 아냐?"

재수가 더럽게 없는 사고였다.

음주운전 차량에 치여서 돌아가셨으니.

"그래서 그 사고 낸 사람을 담그려고?"

"복수 안 한다니까, 쓰읍. 그리고 이미 여러모로 담갔다."

"응?"

"영혼까지 다 털어서 형수님에게 줬다."

"그랬겠지."

그러고 보니 이제 와서 복수를 할 이유가 없다.

분명 그 사고가 났을 때 오광훈은 살아 있었을 테니까.

"그런데?"

"그 형수란 년이 돈을 들고튀어서 문제였지."

"얼씨구?"

노형진은 혀를 끌끌 찼다.

그런 경우는 생각보다 많다.

모든 부모가 다 자식을 사랑하는 건 아니니까.

"그년을 담가 버리려다가, 그 애가 꼴에 자기 엄마라고 하
지 말라고 해서 안 하기는 했는데……."

"몇 살인데 그렇게 조숙해?"

"그러니까 그때가…… 열두 살? 이제 열일곱 살쯤 되었겠네."

"막장이구먼."

집안이 정상적이지 않다 보니 그 아이는 아무래도 생각보다 조숙한 정신을 가지고 있었던 모양이다.

"그래서 내가 보호해 주고 있었거든. 그런데 어떻게 된 건지 알지?"

"무슨 뜻인지 알겠네."

고작 열두 살짜리가 세상에 버려졌다.

아버지는 돌아가셨고 엄마란 인간은 돈을 들고튀었다.

남은 건 보육원에 가는 것뿐이다.

"네가 보호하던 중에 살해당해 버렸다는 건데."

"그래, 씨발. 내가 목구멍이 포도청이기는 한데, 은혜도 모르는 새끼가 정의의 철퇴를 휘두르는 검사를 한다는 것도 웃기잖아."

"정의의 철퇴가 아니라 그냥 철퇴를 휘두르는 검사겠지."

"그거나 그거나."

"전혀 달라."

정의롭게 싸운다기보다는, 그냥 배알이 꼴리면 엿 먹이는 게 좋은 것뿐이니까.

"하여간 그 애 좀 찾아보려고 하는데, 알다시피 내가 그쪽으로는 잘 모르잖아. 그걸 누구한테 부탁하기도 그렇고."

"하긴."

그는 검찰청 내부에서 어느 사이엔가 왕따가 되어 가고 있었다.

기존의 규칙을 지키지 않고 노형진의 표현처럼 악에게 철퇴를 내리는 스타일이 되어 버린 데다가 무식이 드러날까 봐 다른 검사들과 어울리는 것을 피해서였다.

"거기에다, 너도 알다시피 개인 정보를 섣불리 열었다가는 큰일 나잖아."

"그렇지."

물론 같은 편이라면 쉬쉬하면서 덮어 주겠지만, 아까도 말했던 것처럼 오광훈은 왕따당하고 있다.

그런 데다가 스타 검사로 잘나가고 있어서 질투의 한복판에 있는 상황.

"무슨 뜻인지 알겠다."

"내가 진짜 걱정되어서 그러는 거거든?"

"알았다."

노형진은 어깨를 으쓱했다.

오광훈이 저렇게까지 말하는데 안 찾아 줄 수가 없었다.

더군다나 살인까지 하는 부하들이 그런 애를 보호해 줄 것 같지도 않고.

"뭐, 어렵지 않게 찾을 수 있겠지."

숨으려고 하는 아이도 아니고 그냥 어린아이이기에, 노형진은 쉽게 생각했다.

"여기라고?"

"그래. 마지막 기록은 여기야."

오광훈의 예상대로 오광훈, 아니 윤태우가 죽고 나서 아이는 바로 보육원으로 던져졌다.

마약까지 취급하던 놈들이 윤태우의 은사의 아이를 보호할 리 없었던 것이다.

그나마 다행인 건, 그때는 나이가 어려서 그래도 유흥업소로 넘기지는 못했다는 것이다.

그리고 그 보육원이 바로 이곳이었다.

"이 개새끼들."

오광훈은 부들부들 떨었다.

"어쩌겠냐. 그 바닥에 멀쩡한 놈이 얼마나 될 것 같아?"

"끄응, 하지만 인간으로서 최소한의 양심은 지키라고 했는데."

"인간이 말한다고 다 알아 처먹으면 우리는 실업자가 될걸. 그리고 그럴 놈들이었으면 네가 죽었겠냐?"

노형진은 코웃음을 치면서 말했다.

사실 조폭 세계에서는 오광훈 같은 스타일이 더 희귀한 거다.

아마도 그의 은사라는 그 선배도 오광훈과 같은 스타일이었을 테고, '최소한 이놈은 선은 안 넘겠구나.'라는 생각에 오광훈을 도와줬을 가능성이 높다.

"들어가서 물어보자고."

노형진과 오광훈이 다가가는 그때, 입구에서는 소란이 벌어지고 있었다.

"엿 먹어! 조까!"

"뭐야?"

사무실로 보이는 곳.

그곳에서 한 여자가 다른 사람들과 싸우고 있었다.

"내가 이렇게 그냥 물러날 것 같아? 조까라 그래! 내가 너희들 모조리 빵에 넣어 버린다! 알아! 내가 한다면 하는 사람이야!"

언성을 높이는 여자를 보면서 노형진은 혀를 끌끌 찼다.

"저건 또 뭐야?"

"글쎄, 모르겠는데? 그런데 끝내주네."

"그래, 성격 참 끝내준다. 저쪽이 더 많은데 전혀 안 꿀리네."

"아니, 그거 말고. 완전 쌔끈 하지 않냐?"

"누가 조폭 출신 아니랄까 봐 일단 눈에 들어오는 건 그딴 거지?"

하지만 노형진도 어느 정도는 인정할 수밖에 없었다.

소리를 지르면서 싸우는 여자는 평범한 티에 청바지를 입고 있었지만 누가 봐도 아름답다는 표현이 어울리는 사람이었다.

그것도 아이돌같이 귀여운 게 아니라 슈퍼 모델같이 늘씬하고 몸매 좋은 스타일의 아가씨였다.

"걸걸한 입이 다 까먹고 있지만."

"뭐, 어때. 이야, 여러모로 화끈해서 좋네. 으흐흐."

노형진이 히죽거리는 오광훈을 한심스럽게 바라보는 사이, 결국 화가 난 그 여자는 직원들에게 양손으로 커다란 빅엿을 만들어서 내밀었다.

"이 개쌍년들아! 두고 보자! 내가 너희를 어떻게 해서든 엿 먹인다! 알았냐! 알았냐고!"

"이년이 진짜 여기가 어디라고!"

"어디긴 어디야, 지옥이지! 개 같은 년아! 기다려! 내가 너희가 통째로 감방에 잡혀 들어가는 꼴 보고야 만다!"

드디어 악다구니가 끝났는지 몸을 휙 돌리던 여자의 시선이 그쪽으로 향하던 노형진, 오광훈과 마주쳤다.

"뭐야! 눈깔 안 돌려? 내 가슴 큰 거에 불만 있냐?"

여자의 말에 노형진은 혀를 끌끌 찼고, 오광훈은 자신도 모르게 시선을 돌렸다.

"두고 보자! 씨발! 내가 다 죽여 버릴 거야!"

식식거리면서 나가는 여자.

노형진은 그런 그녀를 보고 고개를 흔들다가, 멀어지는 여자를 멍하니 보고 있는 오광훈의 뒤통수를 한 대 치고는 끌고 사무실 쪽으로 향했다.

"누구세요?"

분위기가 좋지 않다 보니 눈치가 보이기는 했지만 노형진은 그냥 뻔뻔하게 나가기로 했다.

저런 진상을 만나는 게 어디 한두 번이란 말인가?

"사람을 찾으러 왔습니다만."

"사람요? 누구요?"

나이로 봐서는 원장으로 보이는 여자가 짜증스럽게 말했다.

"아, 백자연이라고 하는데요. 올해 열일곱 살이라고 들었습니다."

"무슨 관계인데요?"

"돌아가신 백자연 양의 아버지 후배들입니다. 도움을 줄수 있을까 하고 왔는데요."

모두의 얼굴이 확 찡그려졌다.

"왜 그러시죠? 우리가 잘못 찾아왔나요?"

"아뇨. 그년이 여기에 있기는 했죠. 가출해서 그렇지."

"가출요?"

"네, 지금 보셨잖아요."

"네?"

지금 두 사람이 본 건 어떤 이상한 여자가 삿대질하면서 깽판 치고 고래고래 소리를 지르다가 나간 것뿐이다.

그런데 봤다니?

"설마 아까 그 아가씨가?"

"걔가 백자연이에요. 미친년."

"헐?"

"어?"

노형진과 오광훈은 어이가 없어 서로를 멍하니 마주 볼 수밖에 없었다.

"뭐? 쌔끈? 은사님이 이런 너를 봤다면 어떻게 했을까? 아마도 자신의 신념을 버리고 널 공구리 치지 않았을까?"

"하하하……."

노형진의 말에 오광훈은 부정을 하지 못하고 그저 모른 척할 수밖에 없었다.

실제로 딸이라고 하면 껌뻑 죽던 은사였으니까.

"그나저나 보육원에서 가출을 했다니 이해가 안 가는데? 불량소녀가 된 건가?"

"그 몸매로 소녀라고 주장하는 건 좀……."

"어디 한번 안 보살님 찾아가서 은사님 초혼하고 이야기 들어 볼래?"

오광훈은 잽싸게 다시 입을 다물었다.

"중요한 건 나이다."

"그건 그래. 나이, 암. 나이."

"그런데 왜 가출을 한 걸까?"

"글쎄?"

노형진은 그게 이해가 가지 않았다.

물론 보육원 출신들 중에는 여건이 좋지 않아서 성격이 나빠진 사람들이 분명 존재한다.

그렇다 보니 보육원 출신이라고 해서 색안경을 끼고 보는 사람들도 많고 말이다.

"하지만 단순히 그런 건 아닌 것 같던데."

"어떻게 알아?"

"가출한 사람이 경찰을 언급하면서 싸울 일이 있을까?"

노형진은 고개를 흔들었다.

없다.

가출이라는 것 자체가 그곳의 규칙에서 벗어나기 위해 도주하는 행위다.

"그런데 경찰이라는 조직은 규율을 보호하기 위해 존재하거든."

즉, 규율을 지키지 않는 쪽은 백자연이 아니라 그 보육원 쪽일 가능성이 높다는 것이다.

"그러면 경찰을 부르면 끝이잖아?"

"신분이 문제지."

그녀는 어찌 되었건 미성년자에 고아이고 보육원에서 자란 아이다.

그에 반해 보육원은 성인이 운영하는 곳이고 사회적으로 좋은 일을 한다는 이미지가 강하다.

"그러면 경찰은 누구를 믿으려고 할까?"

"아아."

거기에다가 백자연은 아버지까지 조폭 출신이다 보니 경찰이 더더욱 안 믿을 것이다.

"그리고 경찰이라는 조직은 증거를 떠다 먹여도 조사하지 않는 경우가 많아."

"뭐? 어째서?"

"귀찮거든."

실제로 어떤 사람이 보이스 피싱 조직의 증거를 모조리 구해서 가져다줬는데 조사도 안 하다가 결국 그 사람이 추적해서 체포까지 할 수 있게 되자, 경찰은 그 사람이라는 존재를 지워 버리고 모든 것을 자신들이 한 것으로 증거를 조작해서 올린 적도 있다.

"결국 귀찮아지는 것보다는 범죄자를 풀어 주겠다는 게 몇몇 경찰들의 행동이라서 말이지."

노형진은 머리를 긁적거렸다.

가능하면 경찰에 대해 안 좋게 이야기하지 않으려고 노력하지만, 그런 자들 때문에 대부분의 경찰이 욕먹을 수밖에 없는 게 현실이다.

"실제로 사람을 칼로 찔렀는데 경찰이 마음대로 훈방한 경우도 있고."

"설마."

"설마가 아니라 진짜야."

여자가 편의점 아르바이트생을 칼로 찔렀다.

그런데 경찰은 그럴 수도 있는 일이라며 조사도 하지 않고 훈방 처리했다.

아무리 작은 칼이었고 또 그로 인해 피해가 별로 없었다고 해도 최소한 상해 미수는 적용되어야 하는데, 경찰은 훈방으로 풀어 주고는 그럴 수도 있는 일 아니냐며 뻔뻔하게 대응하기도 했다.

"문제는 경찰의 숫자가 너무 적다는 거지."

그래서 한 명의 경찰이 부패하면 그가 담당하는 수만 명의 목숨이 위험해지는 셈이다.

"설사 목숨이 위험해지지 않는다고 해도 말이지, 이런 식으로 부정부패가 이루어지면 어쩔 수가 없거든."

"어째서? 신고하면 조사하는 거 아닌가?"

"그게 참 웃긴 건데 말이지, 증거가 없잖아."

가령 어디서 유통기한이 지난 음식을 판다고 치자.

그걸 확인하기 위해서는 경찰이나 구청에 신고해서 확인해야 하는데, 경찰과 구청은 사실을 확인하지 않은 상태에서 섣불리 출동할 수 없다고 해 버린다.

그러면 의심하는 손님이 들어가서 직접 유통기한이 지난

음식을 쓰는 장면을 촬영해야 한다.

창고에 넣어 놨는데 지난 줄 몰랐다고 해 버리면 '혐의 없음'이 되니까.

그런데 여기서 문제가, 그러면 그 손님은 불법 침입죄가 성립되고 그걸 촬영하기 위해 설치한 카메라 역시 사생활 침해가 성립된다.

"와, 뭐 이런 엿 같은 경우가 다 있어?"

"내가 봐서는 그런 상황이지 싶은데?"

그렇지 않다면 이미 경찰을 불렀어야 한다.

하지만 백자연은 경찰을 부른다고, 어떻게 해서든 콩밥 먹인다고 하면서도 정작 경찰은 못 부르고 있다.

"일단 만나서 이야기를 하자고."

"하지만 어디로 갔는지 알고? 지금 방학 기간이거든?"

학교에 간다고 해서 찾을 수 있는 것은 아니다.

거기에다 가출을 했다는 것은 어딘가에서 자고 있다는 소리인데, 옷 상태를 봐서는 길바닥에서 자는 건 아니다.

그러면 친구 집이라는 소리인데.

"너한테는 마패가 있잖아."

"응? 마패라니?"

"그 애가 그 난리를 쳤는데 과연 경찰서에 한 번도 가지 않았을까?"

"아하!"

분명 경찰서에 갔을 테고, 경찰서에는 그 기록이 남아 있
을 것이다.

"가서 슬쩍 보여 주면 불려는 줄걸."

노형진은 과연 어떤 사건이 벌어질지 참으로 궁금했다.

"미친년이 헛소리하는 거예요. 그분들이 그럴 분들이 아
니라니까요."

툴툴거리는 경찰의 말에 오광훈은 근엄하게 말했다.

"확신하십니까?"

점점 가면을 잘 쓰는 오광훈이었다.

"그럼요. 요즘 같은 시대에 누가 고아들을 먹여 살린다고
그 고생을 합니까?"

"그래요? 그 자리 걸고 하시는 말씀인 거죠?"

"그건……."

"이거 진짜로 밝혀지면 감사받는 거 어떻게 생각하십니까?"

경찰은 시선을 스윽 돌렸다.

"자신 있으시다면서요? 그러면 옷 벗을 각오 하고 떠드시
든가."

경찰은 아예 자리를 옮겨 버렸고, 오광훈은 비웃음을 날렸다.

"개소리하고 자빠졌네."

"그래. 경찰들이 의외로 세상을 모른다니까."

노형진도 그런 경찰들을 보면서 혀를 끌끌 찼다.

당장 조금만 파 보면 그러한 자선 행동이라는 가면을 뒤집어쓰고 범죄를 저지르는 놈들이 한두 놈이 아니라는 걸 알수 있다.

당장 보육원은 국가 지원 시설인데 그 안에서 빼돌리는 돈이 얼마인지 안다면 아마 그런 소리를 하지 못할 것이다.

"그나저나 늦네."

오광훈은 슬쩍 시계를 바라보았다.

공식적으로 오광훈은 그녀가 관련된 사건의 인지 수사 건으로 그녀를 만나 보고 싶어 했다.

"그러게. 올 때가 된 것 같은데?"

그 순간 문이 열리면서 들어오는 백자연.

"아저씨! 진짜예요? 검찰이 내 사건에 관심을 가진다는 게?"

"그래, 가서 이야기나 해 봐라."

경찰들이 노형진과 오광훈 쪽을 가리키자 돌아보는 백자연.

그리고 자연스럽게 고함을 내질렀다.

"넌 아까 그 변태!"

"아니, 변태라니!"

"그리고 넌 변태 플러스 원!"

"크험."

오광훈과 같이 있다가 졸지에 변태 취급받은 노형진은 길게 한숨을 내쉬었다.

"이쪽은 오광훈 검사입니다. 그리고 전 노형진 변호사이고요."

"으엑? 변태 콤비 아니고요?"

"앤 변태가 맞지만 전 아닙니다."

"야!"

오광훈은 노형진에게 거칠게 항의했지만, 이미 사람들은 미심쩍은 얼굴로 바라보고 있었다.

"그런데 두 사람이 왜 절 찾아오신 거예요?"

"아까 현장에서 있었던 일에 대해 자세하게 알아보고 싶어서요."

"아니, 알고 오신 거라면서요?"

"자세한 건 모릅니다. 해당 보육원이 의심스럽다는 부분은 있습니다만."

노형진은 그렇게 말하면서 명함을 건넸고, 오광훈 역시 명함과 신분증을 꺼내서 신분을 증명했다.

"난 검사야. 변태가 아니라."

"눈빛은 그게 아닌데요?"

"내 눈빛이 좀 야성적이야."

물론 백자연은 안 믿는 눈치였지만.

"그래서, 이야기를 좀 들어 볼 수 있을까?"

노형진은 이 만담을 가능하면 빨리 끝내고 싶었기에 백자연을 재촉할 수밖에 없었다.

"그 인간들이 돈을 빼돌리는 것 같다고?"

"네."

아니나 다를까, 증거는 없이 그럴 것 같다는 의심뿐이었다.

"하지만 그런 의심만으로는 방법이 없구나."

"하지만 거기 음식이 얼마나 개판인지 알아요? 쌀에서는 냄새가 나고 채소 상태도 이상하고 고기는 거의 없고. 그나마도 고깃국이라고 하는 건, 오빠들 말을 빌리자면 군대보다 더하다고 하고."

"군대보다 더하다고?"

"네. 아는 오빠가 그러더라고요."

보육원에 있다고 다 고아는 아니다.

집안 여건 때문에 보육원에 있는 경우도 많은데, 고아는 군대에 가지 않지만 그런 경우는 군대에 가야 한다.

"군대에 갔다가 온 오빠들이랑 이야기해 본 바로는 그래요."

그들의 표현을 빌리자면 군대 고깃국이 수영장에서 소가 수영한 물이라면, 보육원 고깃국은 한강을 소가 가로지른 국이란다.

'그 정도란 말이야?'

물론 어느 정도 뻥이 있기는 하겠지만 그만큼 열악하다는 소리다.

군대 음식을 먹어 본 사람들은 안다.

아무리 요즘 군대 음식이 좋아졌다고 하지만 그 정도로 차이가 난다면 비리가 있다는 소리다.

"거기에다 기부금도 이상해요."

"이상하다고?"

기부금은 그 아이만 받을 수 있는 게 아니다.

더군다나 그 기부금의 사용처는 그곳의 직원도, 아니 백자연이 알 수 있는 성질의 것이 아니다.

그런데 이상하다니?

"기부금을 대놓고 빼돌리는 서류라도 있다는 거니?"

"그게 아니라…… 아, 뭐라고 해야지. 그러니까 아, 맞다. 한 4개월 전쯤에 그 〈사랑의 콜센터〉인지 하는 프로그램 보셨어요?"

"어? 못 봤는데."

〈사랑의 콜센터〉는 매주 금요일 저녁마다 방영하는 프로그램인데, 방송에서 불쌍한 사람들이 나오면 시청자들이 전화로 기부를 하고, 방송사에서 그 돈을 모아서 지원을 하는 방송이었다.

본 적은 없지만 그 대략적인 방식은 알고 있었다.

"거기에 우리 보육원 애가 나갔단 말이죠."

"누군데?"

"장수라고 일곱 살짜리가 있어요."

"어린애네? 그 애가 방송에 나갔다고?"

"네."

약간의 지체장애가 있어서 보육원에서 보호하고 있다고 한다.

'이상한데?'

노형진은 고개를 갸웃했다.

그가 알기로 사랑의 콜센터는 가족 단위로 도움을 주지 시설에 도움을 주지는 않는다.

물론 시설에 있다고 해도 진짜 다급하면 도움을 주기는 한다.

"그런데? 방송에 나와서 도와 달라고 한 게 나쁜 건 아니잖아."

"그 방송 내용이 문제라니까요!"

방송 내용에서는, 장수라는 아이는 심장병이 있다고 했다.

그리고 백자연의 말대로라면 심장병이 있는 것은 사실이다.

"제가 그 방송을 봤거든요?"

보통 아이들이 다 보육원에 있는 시간이지만 자신은 그날 친구 집에 있었기 때문에 그 방송을 봤다는 것이다.

"근데 아직 심장병 수술 안 했어요."

"음?"

4개월 전. 분명 방송에서 수술비를 모금했다.

그런데 심장병 수술을 아직 하지 않았다는 말에, 노형진은 고개를 갸웃했다.

"시간이 없어서 그런 거 아니니?"

심장병 수술은 무척이나 까다롭다.

일단 아프면 자르는 맹장이 아니니까.

"그렇다 해도 어쨌거나 병원에는 데려가야 할 거 아니에요!"

하지만 지금까지 보육원에서 그 장수라는 아이가 병원에 간 것은 손에 꼽을 횟수라고 했다.

그나마도 가서 한 달 치 약을 타 오는 것이 보통이고.

"수술을 아직도 안 했다고?"

노형진은 고개를 갸웃했다.

물론 수술 대기 시간이 오래 걸릴 수도 있다.

그건 안다.

하지만 그 전에 검사를 하거나 하기 위해 병원에 자주 가야 하는 것이 현실이다.

"그러니까 미치겠다니까요! 애는 맨날 아프다고 하는데."

"음……."

노형진은 턱을 문질렀다. 그럴 수밖에 없다.

'이상 징후라는 건데.'

이러한 집단에서 돈을 빼돌리는 행동을 하면 외부감사가 제대로 조사하기 전에는 알아내기 힘들다.

원생들 같은 경우는 사실상 갈 곳이 없기 때문에 저항이 불가능하다.

이상하다고 따지는 백자연 같은 아이는 거의 없다고 봐도 무방하다.

"그래서 제가 그걸로 따지고 들었더니 그다음부터 절 미친 년 취급하더라고요."

"어떻게 생각해?"

노형진은 오광훈에게 물었다.

그러자 오광훈은 별거 아닌 것처럼 말했다.

"돈 빼돌리는 거네."

"그렇지?"

한 달도 아닌 네 달이다.

일반적으로 그렇게 방송에 나가는 아이들은 대형 병원에서 지원 차원에서라도 싸게 수술해 주는 것을 감안하면, 지금까지 수술을 안 했다는 것은 여러모로 이해가 안 간다.

"흠."

그러니까 사건 자체는 간단했다.

여러모로 의심스러운 정황은 많은데 정황뿐인지라 백자연이 고발할 수가 없다는 것.

'이런 건 감사를 해야 하는데 말이지.'

하지만 감사를 해 달라고 감사원에 요구한다고 해서 그들이 해 주는 것도 아니고…….

"쌍놈의 새끼들이라고요!"

백자연은 분노로 부들부들 떨었다.

"그거 말도 안 되는 거짓말이라니까요."

옆에서 듣고 있던 경찰이 투덜거리듯 말하자 오광훈은 그런 그에게 차갑게 말했다.

"그러니까 그런 말씀 하시려면 옷 걸고 하시라니까."

"아니, 그게 아니라……."

"아니면 그렇게 옹호해야 하는 다른 이유라도 있는 겁니까?"

오광훈은 기본적으로 경찰을 안 믿는다.

친해질 생각도 없으니 거리낌 없이 말했다.

"당신이 집에 가서 따신 밥 배에 쑤셔 넣을 때 애들은 오래된 정부미를 쉰 김치랑 물에 말아 먹습니다. 당신 배가 가득 찼다고 애들도 다 배부르다고 생각하시면 안 됩니다."

"와, 검사 아저씨 짱. 변태인 줄 알았는데 인텔리야."

그러나 노형진은 그 인텔리라는 부분에서 일단 태클을 걸었다.

"정부미가 아니라 나라미로 이름 바뀌었다. 정부미라니, 19세기냐?"

물론 오광훈은 노형진의 태클은 신경도 쓰지 않았지만.

"변태 아니라니까."

다만 변태라는 말에 눈을 찌푸리는 오광훈.

"그런 놈들, 내 삼촌만 살아 있었으면 진짜, 아오."

"삼촌?"

"삼촌이 조폭이었어요. 죽어서 그렇지. 윤태우라고……."

순간 오광훈의 표정이 묘해졌다.

잊은 줄 알았다.

그런데 아직도 자신을 기억하는 백자연의 말에 감격한 표정이었다.

"삼촌이 언제나 그랬어요. 언제 갈지 모르는 인생, 화끈하게 살라고. 그래서 저도 화끈하게 살 거예요."

"아니, 그런 의미로 한 말은 아닌데……."

"아니에요. 거리낌 없이, 주저하지 않고 화끈하게 들이받아 버리려고요."

작은 손을 꼭 쥐며 말하는 백자연.

노형진은 그런 그녀를 보다가 오광훈을 바라보면서 작게 말했다.

"애 인생 망치는 방법도 가지가지다."

"끄응…… 자연아, 그러니까 너희 삼촌은 절대 그런 의미로 그런 말을 한 게 아니야. 그냥 후회 없이 살라는 의미였지."

"검사님이 어떻게 알아요? 우리 삼촌을 감옥에 넣은 분이신가?"

"내가? 아니, 그건 아니고……."

오광훈이 어쩔 줄 몰라 하자 그 모습을 지켜보던 백자연이 살짝 웃었다.

"괜찮아요. 나만 도와주면 다 좋은 사람이야."

노형진은 그런 그녀를 보면서 고개를 절레절레 흔들었다.

'이래서 가르치는 사람이 중요한 거야.'

어찌 되었건 상황은 이해가 간다.

감사를 하기에는 증거가 부족하다.

그러나 분명 내부에서 이상한 짓을 하고 있는 것은 확실하다.

"근데 그놈들을 어떻게 잡아요? 사실 지금까지 경찰에게 몇 번이나 말했지만 신경도 안 쓰던데."

그러면서 경찰들을 노려보는 백자연.

"뭐, 걱정하지 마. 내가 잡으려고 한 놈 중에서 내 손아귀에서 벗어난 놈은 없어."

"와, 검사 아저씨. 갑자기 엄청 잘생겨 보여."

"내가 좀 잘생겼어."

노형진은 그 말을 부정할 수 없는 현실이 갑자기 싫어졌다.

⚖

"그래서, 어떻게 잡을래?"

"다 잡을 수 있다며?"

"잡을 수야 있지. 그런데 내 스타일대로 가면 공구리가 좀 많이 필요한데? 인원이 많아서."

"끄응."

은근슬쩍 떠넘기는 오광훈 때문에 노형진은 한숨만 나왔

지만, 어차피 벌어질 일이었다.

"중요한 건 내부에서 관련 자료를 꺼내 오는 건데, 그건
힘들 거야."

이런 곳은 자기들끼리 뭉쳐서 다 같이 해 처먹는다.

그렇다 보니 감사를 해도 자기들이 하는 감사라 제대로 걸
리는 것도 없고.

"아까 백자연이 쌀에서 냄새가 난다고 했지?"

"그래."

"그러면 문제가 심각해지는데."

"어째서?"

"그런 곳은 보통 나라미를 정부에서 주거든."

과거에는 정부미라 불렸고, 지금은 나라미라고 불리는 쌀.

그건 추곡 수매를 한 쌀이다.

쉽게 말해서 시장에 풀리는 쌀을 제외하고 잉여분의 쌀을
정부에서 구입해서 필요한 곳에 지원하는 것이다.

정부 입장에서는 돈을 주는 것보다는 싸고, 받는 입장에서
도 어차피 쌀은 사 먹어야 하니까 서로 윈윈하는 셈이다.

"그래서 질이 안 좋은 거 아냐?"

"제발 좀. 지금은 21세기라고."

과거에는 제대로 된 관리법도 없었고 또 쌀의 질이 좋지
않아서, 정부미라고 하면 질 나쁜 쌀로 유명했다.

"하지만 지금은 아니야. 애초에 추곡 수매를 위해 일단 질

나쁜 쌀을 키우는 게 아니잖아."

즉, 구입한 쌀을 관리를 잘못해서 그러는 거다.

"그래서 문제가 뭔데?"

"문제가 뭐냐면, 아무리 지원용이라고 해도 너무 질이 안 좋은 건 애초에 유통을 시키지 않는다는 거지."

그렇게 질이 안 좋은 건 다른 용도로 사용한다.

사료용이나 떡, 기타 구호 물품 제작용 등등 2차 가공용으로.

"그런데 냄새가 난다는 건 관리가 제대로 안 되고 있다는 뜻이거든?"

쌀은 1년에 걸쳐 먹을 수밖에 없는 식자재다.

한국에서는 가을에만 나오는 게 쌀이니까.

"그런데 추수 전에 쌀 먹는다고 냄새나디?"

"아니, 그건 아니던데."

"마찬가지야."

아무리 관리를 제대로 안 한다고 해도, 보통 1년 정도는 문제없는 게 쌀이다.

그런데 분명 냄새가 난다고 했다.

쌀이 식량으로 자리를 잡을 수 있었던 이유 중 하나가 장기 보관성이다.

장기 보관이 불가능한 음식들은 절대 주식이 될 수가 없다.

"묵은쌀은 밥을 할 때 식초를 조금 넣으면 괜찮아져."

이 정도는 급식을 하는 사람은 다 알고 있는 지식이다.

"그런데 이건 그 방법으로 감당이 안 될 정도의 냄새라는 거지."

그 정도면 분명 3년 이상 된 쌀이라는 소리다.

"그게 가능해?"

"가능하지. 실제로 있었던 사건이고."

소위 말하는 '포대 갈이.'

실제로 납품된 나라미는 포대를 갈아서 판매하고, 시중에 있던 오래된 쌀을 싸게 사 가지고 와서 애들에게 먹인다.

1년 지난 쌀과 3년 지난 쌀은 그 가격이 몇 배나 차이가 나기 때문에 그걸 포대 갈이 해서 팔면 수익이 어마어마하게 남는다.

"보육원에서 먹는 쌀이 얼마나 될 것 같아?"

저 정도 되는 규모의 보육원이면 한 끼에 100~120킬로그램은 소모해야 한다.

하루 세 끼를 먹으니 거기서 먹는 쌀만 몇 톤 단위가 된다.

"아마 그걸 포대 갈이를 하면 그것만 못해도 3억쯤 넘게 남을걸."

"미쳤군."

실제로 그런 사건들은 종종 있어 왔다.

"정부미, 아니 나라미라고 하지만 이런 시설에 지급되는 쌀은 질이 나쁜 걸 주지는 않아. 그랬다가는 온갖 욕을 다 먹을 테니까. 그래서 이런 곳에 오는 쌀들은 보통 전년도에 추곡 수매를 한 물량이야."

노형진은 턱을 문지르며 말했다.

그 말은 시중에 돌고 있는 쌀과 하등 다를 게 없다는 소리다.

"그런데 냄새가 난다? 그건 불가능하지."

물론 관리를 못하면 냄새가 나는 것이 쌀이기는 하다.

하지만 추곡 수매를 한 지 6개월도 지나지 않았다.

그런 상황에서 냄새가 날 정도면, 쌀을 물에 담갔다가 보관했다는 소리밖에 안 된다.

"아니, 그렇게 쌀이 남아돌아?"

"옛날이라면 그럴 일이 없었겠지."

하지만 지금은 쌀이 남아도는 시대다.

그래서 시중에 있어도 질이 나쁜 경우가 많다.

"쌀의 소비가 줄었고 그만큼 판매되는 양도 줄었으니까."

결과적으로 시중에서도 안 팔리는 쌀이 분명 존재한다는 것이다.

세상에 자기가 먹는 쌀에서 냄새가 나는 걸 좋아하는 사람은 없다. 당연하게도 사람들은 햅쌀을 사서 먹고, 장사꾼들도 햅쌀을 사서 판다.

"그러다 보면 재고가 남게 되는 건 어떻게 보면 당연한 거거든."

문제는 쌀은 한번 순위가 뒤로 밀리기 시작하면 점점 더 밀리게 된다는 것이다.

"햅쌀도 재고가 남는 판국에 작년 쌀을 누가 먹어?"

처음에는 햅쌀로 팔아야 하니 다음해까지는 보관해도 괜찮다.

묵은쌀도 냉장 보관하면 차이가 거의 없으니까.

하지만 2년 차를 넘어서 3년 차가 되면 문제가 발생하기 시작한다.

"2년 차나 3년 차 쌀은 보통 가공 재료로 많이 나가."

사실 냄새라고 해도 심한 게 아니고, 가공하면 사라지니까.

"문제는 4년 차 이상 된 쌀이지."

냄새가 심해지고, 가공 회사에서도 안전상의 문제로 사용하지 않는다.

잘해 봐야 가공해서 사료용으로 사용되는 정도?

"문제는 그때는 가격이 어마어마하게 떨어진다는 거지."

그런데 보관하는 데 들어간 비용까지 생각하면 심각한 마이너스가 된다.

"그런 쌀들과 바꿔치기한다는 건가?"

"그래."

노형진은 그렇게 말했다.

"실제로 그런 사건도 있었고."

경찰이 식당에 갔다가 학생들이 밥맛이 이상하다고 투덜거리는 소리를 들었다.

그래서 의심이 들어서 조사해 보니, 학교에서 오래된 사료용 쌀을 사서 아이들에게 먹이고 있었던 것이다.

당연히 거기서 빼돌린 돈은 교장의 주머니로 들어갔고 말이다.

"먹는 걸로 장난치는 놈들이 적지 않아. 쌀이 그 지경이면 다른 음식들은 답이 없을걸."

아니, 그런 놈들이니까 기부금을 횡령할 수 있을 것이다.

백자연은 우연히 알았겠지만 말이다.

"그러면 어떻게 잡아? 그냥 때려잡을 수는 없잖아."

물론 기습적으로 가서 점검하는 것도 방법이기는 하다.

"하지만 이번 경우는 안 될 것 같아."

"어째서?"

"백자연이 나름 신고를 했잖아."

경찰에서 도와주지 않으니 구청이나 시청에도 이야기했을 것이다.

하지만 그럼에도 불구하고 그들은 점검하러 나오지 않았다.

"사실 점검 자체는 불법이 아니거든."

경찰 수사를 하거나 기소를 하기 위해서는 증거가 필요하지만, 구청이나 시청의 점검은 법적으로 하등 문제가 없다.

최소한 횡령 같은 걸 가지고 조사하는 게 쉽지는 않겠지만, 쌀에 대해서는 얼마든지 조사할 수 있었다는 소리다.

"식당들을 신고하면 기습적으로 점검하기도 하고. 그런데 조사를 하러 오지 않았어. 그게 무슨 의미겠어?"

"아하!"

이미 보육원과 끈끈한 관련이 있다는 의미다.

"생각보다 그런 경우가 많아."

쌀만 해도 수억 원대로 바꿔치기가 가능한데 그 돈이 경찰이나 지역 관청에 조금도 넘어가지 않을 리가 없다. 당장 보육원 자체가 지역에서 지원받아서 운영되는 경우가 많으니까.

"소위 말하는 인사도 했을 테고."

"아니, 그걸 놔둬?"

"그게 참 애매하거든. 한국 사람들은 선행을 혐오하면서도 또 추앙하는 그런 게 있어."

"혐오? 추앙?"

"그래."

그 지역에 보육원이 생긴다고 하면 땅값이 떨어진다고 난리를 치지만, 정작 보육원을 운영한다고 하면 선량한 사람이라고 생각해서 웬만해서는 터치하지 않는다.

"어린이집 때였나? 그때도 한번 말했지만."

많은 사람들이 어린이집이 아이들의 교육을 위해 노력한다고 생각했지만 그 내면을 까발려 보니 어마어마하게 부패해서 썩은 내가 진동하는 수준이었다.

그래서 노형진은 원래 역사에는 없던 협동조합 형태의 어린이집을 만들어 냄으로써 그 문제를 해결했다.

"요즘 유행하는 그곳이 네 거였냐?"

"내 거라기보다는, 내가 조언을 해 준 거지."

협동조합 어린이집은 보증금을 부모들이 내고 집을 빌려서 어린이집으로 꾸미는 것이다.

애초에 국가 지원금으로 선생님들의 월급과 애들 식재료비 역시 충당하기 때문에, 그걸 투명하게 지급하고 부족분만 학부모들이 더 내면 된다.

학부모들이 조합원이기 때문에 그 기록을 언제든 볼 수 있고, 대룡이 그 체인에 대한 공급을 책임지고 있어서 대량 공급 체계로 충분히 싼 가격에 행사나 물품을 공급할 수 있어 지금은 온 동네에 하나씩, 아파트촌 같은 경우는 두세 개씩 있는 것이 현실이다.

"그러면 보육원도 그러면 안 되나?"

"무리야. 덩치가 너무 커."

어린이집이라고 하면 한 곳당 열 명에서 열다섯 명 수준이지만 이런 보육원은 백 명 이상 단위니까.

"거기에다 보편적인 지원책도 아니고. 국민들이 호응을 안 해 주지. 내 자식이 아니잖아."

"쩝."

오광훈은 머리를 긁적거렸다.

"그러면 이 문제를 어떻게 해결하지?"

"글쎄. 일단은 자세히 알아보는 게 우선일 것 같은데."

그들이 얼마나 썩었는지에 따라서 해결책이 달라질 테니까.

먹는 게 가장 치사한 법

"장난하냐?"

노형진은 이 사건이 그냥 평범하게 진행될 줄 알았다.

그런데 생각지도 못한 변수가 있었다.

그건 다름 아닌 오광훈이었다.

그가 자신을 보살펴 준 형님의 딸인 백자연을 보호하기 위해 시작한 일이었으니, 상식적으로 가출까지 했던 백자연이 보육원에 돌아갈 경우 어떤 취급을 받을지 예상하는 것은 어려운 일이 아니었다.

그래서 오광훈은 그녀가 보육원으로 돌아갔다는 소리를 듣자마자 바로 보육원으로 향했다.

그리고 그곳에 갔을 때 그는 뚜껑이 열릴 수밖에 없었다.

"걸레 같은 년! 그렇게 욕하고 가더니 여기가 어디라고 기어들어 와!"

같이 밥을 먹는 식당에서 들리는 목소리.

그리고 뒤이어서 들려오는 따귀를 때리는 소리에, 그는 결국 그냥 상황만 살핀다는 목적을 잊어버리고 문을 박차고 들어갔다.

"밥 먹을 때는 개도 안 건드린다고 했다, 이 개 같은 년아!"

문이 벌컥 열리자 쏠리는 시선들.

그럼에도 불구하고 오광훈은 그 시선이 무섭지 않았다.

그의 눈에 보인 것은 중년의 여자와, 그 앞에서 한쪽 뺨을 붙잡고 있는 백자연이었다.

뜬금없이 난입한 오광훈의 모습에, 백자연은 멍하니 그를 쳐다보았다.

"변태 아저씨?"

"아니, 누구시기에 아침부터 이렇게 무단으로 들어오십니까? 나가세요!"

여자는 거칠게 말했다.

하지만 오광훈에게는 그 여자 말쯤은 가뿐하게 씹을 수 있는 힘이 있었다.

"나 검사다. 물론 변태는 아니고."

소심한 변명을 하면서 그는 백자연을 향했다.

붉게 물든 뺨을 보면서 그는 진심으로 속에서 열불이 났다.

'씨발…… 진짜 공구리 치고 싶다.'

조폭이던 시절에도 진심으로 이 새끼 공구리 치고 싶다는 생각을 한 적은 별로 없었다.

하지만 눈물이 그렁그렁한 눈으로 자신을 바라보는 백자연을 보고 있자니, 당장이라도 뺨을 때린 여자의 머리끄덩이를 붙잡고 끌고 가서 공구리 치고 싶은 마음이 스멀스멀 올라왔다.

"애들 잘 키우라고 보육원을 지원해 줬더니 애를 패? 미쳤어?"

"……."

여자는 입을 삐죽 내밀었지만, 검사라는 권력 앞에서 뭐라고 할 수가 없었다.

어찌 되었건 폭행은 폭행이니까.

"내가 그냥 넘어갈 것 같아! 어!"

언성을 높이는 오광훈.

그러는 오광훈의 콧속으로 스며드는 정체 모를 퀴퀴한 냄새.

"뭐야, 이 냄새는?"

오광훈은 코를 벌름거리면서 냄새가 나는 곳으로 시선을 돌렸다.

그리고 눈을 팍 찡그렸다.

냄새의 근원지는 아이들에게 주기 위해 만들어 둔 밥이었다.

그의 머릿속에 노형진이 말한 포대 갈이라는 단어가 떠올랐다.

"이 새끼들아, 지금 이걸 밥이라고 내놨냐? 개새끼도 이것보다는 잘 처먹어, 이 새끼야!"

농담이 아니었다.

보통 잔뜩 화가 나면 주위를 돌아볼 여유가 없어진다.

그런데 그 냄새는 어찌나 지독한지, 머리끝까지 화가 난 그의 관심을 끌 지경이었다.

"검사님이 왜 아침부터 여기를 오세요?"

백자연은 당황해서 그를 바라보았다.

그가 도와준다고는 했지만 설마하니 자신에게 곤란한 상황이 닥치자마자 바로 들이닥칠 줄은 꿈에도 생각 못 했다.

"네가 여기에 왔다고 해서 와 봤다."

"제가 돌아온 건 어떻게 아시고요?"

"나 검사다."

그녀와 함께 있던 친구에게 혹시나 백자연이 돌아가면 전화를 달라 부탁해 놨고, 어젯밤에 보육원으로 돌아갔다고 연락을 받았다.

아무리 맘이 좋은 사람이라고 해도 남의 아이, 그것도 고아를 먹여 주고 재워 주는 기간에는 제한이 있을 수밖에 없으니까.

"왜, 오면 안 되냐?"

오광훈은 그렇게 말하면서 밥통으로 향했다.

퀴퀴한 냄새와 더불어 하얀색이 아니라 갈색으로 변한 밥의 상태를 보니 저절로 눈이 찌푸려졌다.

"얼씨구?"

밥을 뒤적이던 그는 눈이 뒤집어지는 느낌이었다.

쌀밥이기는 한데 곳곳에 보이는 검은색의 무언가.

그건 그가 알기로는 쌀바구미였다.

그러니까 이 쌀은 최소한 몇 년 지났고, 그나마 제대로 관리도 안 된 쌀이라는 소리였다.

"햐, 새끼들. 포대 갈이를 이딴 식으로 하네?"

피식 웃는 오광훈.

그때 소식을 듣고 들어오던 나이 많은 여자가 그 말을 듣고 거칠게 항의했다.

"무슨 말씀이세요! 증거 있어요?"

오광훈은 그런 그녀를 바라보고는 비웃음을 띠었다.

자신의 기억이 맞는다면 분명 원장인가 그랬다.

"증거?"

그는 피식 웃었다.

증거는 없다.

하지만 그 증거를 찾아내는 게 검사다.

"그래, 증거라……. 그거야 찾아보면 되지."

"뭐라고요?"

사실 노형진은 조용히 뒤에서 캐 보려고 했다.

하지만 오광훈은 그럴 수가 없었다.

은사의 딸이자, 한때는 자신이 애지중지하면서 키웠던 아이다.

그런데 그런 애가 이렇게 썩어 가는 쌀을 먹고 있다는 사실에 그는 눈이 돌아갔다.

"나 오광훈 검사야! 시료 채취 팀 좀 보내!"

오광훈은 당장 전화기를 들어서 사무실에 다그쳤고, 보육원 직원들은 얼굴이 노래졌다.

"이 쌍놈의 새끼들아, 너희가 그러고도 인간이냐? 내가, 인마, 너희들 머리 꼭대기에 있어."

오광훈은 범죄자였기 때문에 범죄자들의 속성을 잘 안다.

노형진의 말대로 그들이 밥을 하려고 한다고 하면 가장 질이 안 좋은 물건을 쓰는 시간은 일단 아침이다.

그럴 수밖에 없는 게, 아침을 안 먹는 사람도 많은 데다가 대부분의 공무원들은 9시가 넘어서 움직이기 때문이다.

이런 보육원은 애들이 학교를 가야 하니 아침 식사 시간이 다른 곳보다 이르다.

즉, 아침 식사 시간에 공무원들이 기습적으로 점검을 올 일은 없다는 의미다.

거기에다 직원들도 죄다 아침에는 피곤하니 대충 하려고 할 테고.

한데 눈앞에서 백자연까지 폭행당했다.

"지금 이거 신고자에 대한 보복 맞지?"

"아니, 그건 아니고……."

당황하는 직원들.

그러자 원장이 표독스러운 눈빛을 빛내면서 오광훈에게 다가왔다.

"영장 있습니까?"

"영장?"

"이런 아침부터 영장도 없이 들이닥치면 어쩌자는 겁니까? 영장 없이 채취한 증거는 효력 없다는 거 아시죠? 그리고 폭행요? 그런 식이면 우리는 저 애를 절도로 고발해야 합니다."

"절도?"

"저년이 돈을 훔쳤거든요."

깜짝 놀라서 고개를 흔드는 백자연.

"아니에요! 전 절대로 그런 적 없어요!"

그걸 보면서 오광훈은 속으로 피식 웃었다.

없는 죄를 만들어서 뒤집어씌우는 것.

켕기는 게 있는 놈이 쓰는 방법이다.

'너구나.'

노형진이 말한, 누군가는 주변을 관리할 거라던 이야기가 생각났다.

"컥!"

갑자기 날아온 손이 원장의 목을 움켜잡았다.

오광훈이 손아귀에 힘을 주자 그녀는 벗어나기 위해 오광훈의 손목을 벅벅 긁었지만 풀릴 기미조차 없었다.

"네가 동네 짭새들이랑 장난치다 보니까 간땡이가 부었구나."

"끄르륵……."

갑작스러운 오광훈의 행동에 다들 얼굴이 사색이 되었다.

다른 사람도 아닌 현직 검사가 사람 목을 조르고 있었으니.

"아저씨! 그만해요! 그만하라고요! 그러다가 죽겠어요!"

오죽하면, 원장의 얼굴이 파리해지는 걸 보고 당황한 백자연이 그런 오광훈의 팔에 매달려 말릴 정도였다.

"죽이면 좋겠는데."

그는 힐끔 주변을 보다가 손을 흔들어서 원장을 내던졌다.

바닥을 나뒹군 원장은 콜록거리면서 애타게 공기를 흡입했다.

"내 손으로는 못 죽이네."

"콜록콜록! 너 이 새끼! 내가 누군지 알아! 너 고소할 거야! 알아!"

원장은 억울한 듯 외쳤다.

하지만 이내 다가온 오광훈의 모습에 그대로 얼어붙었다.

"넌 내가 누군지는 알아? 고소한다고? 해 봐. 네가 고소한다고 내가 '아이고, 잘못했습니다.' 하고 매달릴 것 같냐? 아니면 둘 중 하나가 뒈질 때까지 싸울 것 같냐?"

활활 타오르는 오광훈의 눈빛에 원장은 시선을 돌렸다.

아무리 그녀가 범죄자라고 하지만 사람들과 직접 싸우고 패고 협박하던 진짜 조폭의 눈빛을 받아 낼 자신은 없었던 것이다.

"나 무서운 거 없는 새끼야."

그에 반해, 원장은 잘해 봐야 결국은 그저 그런 동네 유지쯤이나 될 것이다.

"뭐, 내가 누군지 아느냐고?"

비웃음을 날리는 오광훈.

"네가 얼마나 잘났는지는 모르지만, 내가 얼마나 잘났는지는 보여 줄게."

오광훈은 품에서 지갑을 꺼내 들었다.

그리고 그 안에서 카드를 하나 꺼내 들었다.

"돼지 사료만도 못한 거 처먹이는 너보다는 내가 훨 잘나간다는 걸 증명하지."

⚖️

"감봉 3개월?"

"어."

노형진은 입이 쩍 벌어졌다.

이른 아침부터 자신에게 청구된 고깃값 580만 원도 어이가 없어 죽겠는데, 오광훈에게 떨어진 감봉 3개월이라는 중

징계.

"애들한테 이른 아침부터 고기를 사 준 건 이해하겠다. 그런데 감봉 3개월은 뭐야?"

그날 아침밥에 빠친 오광훈은 노형진이 비상시에 쓰라고 준 카드로 일시불 '580만 원'을 긁었다.

고기를 사 준다는 말에 아이들은 학교를 지각하면서까지 신나게 고기를 뜯어 먹고 갔고. 노형진은 차마 뭐라고 할 수는 없었다.

그저 아침부터 지랄은 하지 말라고 했을 뿐이다.

"그런데 감봉 3개월이라고?"

"그렇다는데."

"너 거기서 누구 사람 팼냐?"

"어, 살짝 팼지. 아주 살짝. 마음 같아서는 공구리 치고 싶었는데……."

노형진은 길게 한숨을 내쉬었다.

"내 카드로 잘난 척한 거야 이해하겠는데, 사람은 왜 패냐?"

"그 새끼가 사람으로 안 보이던데? 내가 본 건 사람이 아니라 돼지 새끼야."

"야! 돼지도 패면 동물 학대에 들어가."

"어, 그런가? 그러면 모기쯤으로 해야 하나?"

노형진은 고개를 절레절레 흔들었다.

딱 봐도 반성하는 기색이라곤 전혀 없는 꼬락서니다.

물론 자신이라고 해도 그런 상황이라고 하면 아마 더하면 더했지 덜하지는 않았을 테지만 말이다.

"감봉 3개월이라, 끄응. 저 새끼가 저거, 내 계획에 똥을 뿌리네."

"그게 그렇게 무거운 벌이야?"

오광훈은 고개를 갸웃했다.

고작 감봉이다.

그것도 많은 것도 아니고 3개월.

그것도 30%다.

노형진에게 지원을 받고 있는 오광훈에게는 조금도 무서운 벌이 아니었다.

하지만 현실적으로는 그렇지 않았다.

"그래, 무거운 벌이지."

일반적으로 승진을 목이 빠져라 기다리는 검사들에게 감봉 3개월은 무척이나 강력한 처벌이다.

그만큼 승진이 늦어지기 때문이다.

사실상 다른 검사보다 몇 미터 뒤에서 따라가는 셈이니까.

"스타 검사로 만들어서 얼른 승진시켜서 부려 먹나 했더니만, 승진 늦어지게 생겼네."

"괜히 두들겨 팼나?"

"그러니까 내가 좀 참으라고 했잖아. 몸으로만 움직이지 말고."

"씨발, 그 새끼들이 자연이 얼굴을 때리잖아. 여자 얼굴을 때리다니, 그게 인간이냐? 조폭 시절에도 내가 얼굴은 안 때렸다. 그나마 많이 참은 거야. 옛날 같았으면 그대로 공구리 신발행이야."

"그러니까 참으라고. 그리고 얼굴은 불쌍해서 안 때린 게 아니라 증거 남을까 봐 안 때린 거잖아. 그리고 넌 진짜 공구리 작업해서 죽인 적도 없다면서 뭔 놈의 공구리 타령은 그렇게 질리지도 않고 맨날 해 대냐?"

"진짜로 그러고 싶다는 거지."

노형진은 머리를 절레절레 흔들었다.

노형진이 그 보육원이 무서워서 기다리면서 참았던 게 아니다.

그 정도 되는 규모의 보육원이 그토록 당당하게 포대 갈이를 할 정도라면, 다른 사람들이 연관이 안 되어 있을 수가 없기 때문이다.

실제로 그러한 자선단체 중에는 생각보다 나쁜 놈들이 많으니까.

그래서 그들에 대해 알아보기 위해 조금 참고 있었던 것뿐이다.

"하여간 이번 일은 쉽게는 안 될 것 같다."

"어째서?"

"딱 보면 모르냐?"

사고를 친 지 사흘도 지나지 않았다.

그런데 감봉 3개월이 결정되었다.

초고속으로 진행된 셈이다.

"그 새끼들 백이 장난이 아니야."

"고작 고아원이잖아?"

"보육원이라니까."

"그거나 그거나."

"그건 그런데, 하여간 그 새끼들 백이 장난 아냐. 우리가 그냥 싸우자고 대가리를 들이밀면 여러모로 곤란하다."

"허."

오광훈은 어이가 없었다.

물론 그 정도 규모의 보육원은 어느 정도 돈이 있어야 하는 것은 사실이다.

하지만 그렇다고 해서 노형진이 조심할 정도는 아니다.

"내가 모르는 뭔가 있냐?"

"그래. 네가 사고 칠 때 난 그놈들 뒤를 좀 캐 봤다."

노형진은 떡하니 서류철 하나를 그에게 건넸다.

"재단법인 청우에서 하는 곳이야."

"청우? 뭐 하는 곳인데?"

"좋게 말하면 자원봉사 단체, 나쁘게 말하면 탈세 단체."

"뭐? 탈세?"

"그래. 전에도 말했잖아, 부자들은 탈세를 하기 위해 자선사업을 많이 한다고."

착해서 자선사업을 하는 게 아니라, 자선사업 하는 만큼
세금을 깎아 주니까 세금을 내느니 차라리 자선사업의 가면
을 쓰고 이미지라도 좋게 만들겠다는 게 부자들의 자선사업
방식이다.

"청우는 그런 자선사업 단체 중 하나야."

"그게 무슨 소리야?"

"자선단체라는 게 한계가 있거든."

직접 만든 자선단체들은 정부에서 감사가 많이 들어온다.

그럴 수밖에 없는 게 탈세의 의혹이 너무나 심하기 때문이다.

실제로 과거에 그러한 이유로 직접 만든 자선단체에 기부
를 했다가 세금 폭탄을 맞은 곳도 있고.

"그래서 내가 자선단체를 만들었잖아."

노형진이 만든 자선단체는 기존의 자선단체들과 달랐다.

기존의 자선단체들은 돈을 기부받으면 그걸로 끝이었고
내부의 자금 흐름을 볼 수가 없었지만, 노형진이 만든 자선
단체는 일정 금액 이상 투자를 하면 자금의 흐름을 볼 수 있
었다.

"그 투자 방식도 다른 곳과 다르고."

다른 곳이 식량을 사서 빈국에 준다면, 노형진이 만든 곳
은 로열티 없이 키울 수 있는 품종을 개발해서 공급하는 데
목적이 있었다.

당장 돈이 아니라 생활 기반을 만들어 주는 데 집중했고 말이다.

"그래서?"

"반대로 말하면, 탈세를 도와주기 위해 운영되는 집단도 있다는 소리야."

"헐?"

직접 만든 곳에서는 탈세 혐의가 의심되어 제대로 투자도 못 하지만, 정작 탈세를 도와주기 위해 만들어진 자선단체는 그런 탈세가 천연덕스럽게 이루어지고 있다.

"청우는 그러한 자선단체 중 하나고."

고문학이 조사한 바에 따르면 청우는 주요 인물들이나 정치 경제인들에게서 자금을 지원받고 그 대신에 그들의 탈세를 도와준다.

"헐, 그게 사실이야?"

"사실이야."

자신이 세운 곳을 이용하면 법에 걸리지만 그게 아니라면 법에 걸리지 않는다.

당연하게도 불법을 좋아하는 사람들은 탈세를 하기 위해 노력한다.

"실제로도 모 종교 단체에서 그러다가 얼마 전에 걸렸잖아."

"아, 기억나. 하지만 그건 그냥 무당이었잖아?"

얼마 전에 뉴스에 나왔던 사건.

무당이 기부금 영수증을 가짜로 써 줘서, 그와 관련된 탈세액만 100억 단위라고 했다.

"한국은 종교의자유가 있는 나라지."

무당이라고 할지라도 종교라는 이름을 뒤집어쓰는 데 하등 문제가 없었고, 혼자 해 먹은 것만 100억 단위이다.

"일단 청우는 탈세라는 목적상 여러 곳과 관련이 있어. 아마 그곳을 통해 너한테 징계가 들어가도록 압력을 행사했겠지."

일반적으로 검사가 감봉쯤 되는 처벌을 받으면 몸을 움츠릴 수밖에 없다.

승진 길이 막혀 버리니까.

"그러면 그 새끼들을 그냥 둬?"

"그냥 둘 생각은 없고."

노형진은 머리를 긁적거리면서 서류를 건넸다.

"일단 공식적으로는 포대 갈이를 가지고 고소할 수는 없을 것 같다."

신고도 했지만 증거가 없었다.

밥맛이 없다고 주장하지만 그건 어디까지나 조리법의 문제라고 우겼고, 엉뚱하게 아무것도 모르는 주방 직원을 해직하는 것으로 마무리되었다.

오광훈이 시료를 채취하라고 해서 채취했지만 불법 증거라면서 인정되지도 않았다.

"장수가 수술받을 돈을 빼돌린 것도 애매해."

기증 자체가 수술비로 지급된 게 아니라 그 단체에 지급하는 형태로 된 것이 문제다.

그렇다 보니 청우에서 마음대로 그 돈을 써도 문제 삼을 수가 없었다.

"와, 씨발! 뭐가 그래?"

"원래 그래. 탈세 조직이 뭐 좋은 마음으로 탈세를 도와주는 줄 아냐?"

노형진은 머리를 긁적거리며 말했다.

"그 새끼들, 탈세를 전문적으로 하는 조직이야."

처음부터 그런 건 아니었을 것이다.

하지만 그 정도 규모가 되면 주변에서 좋은 게 좋은 거라고 그런 부탁이 들어오는 경우가 많고, 거기에 넘어가 그 대가로 돈맛을 보기 시작하면 조직은 급속도로 부패하게 된다.

"그러면 탈세를 가지고 신고하면?"

"그게 되겠냐?"

그런 식으로 해서 잡혔을 거면 아마 벌써 수백 번은 잡혔어야 한다.

하지만 그들은 잡히지 않았다.

"비호를 하는 사람들 중에는 아마 국세청 쪽 라인도 있을 거야."

"씨발 놈들. 아무리 그래도 그렇지 애들 먹는 걸 가지고 장난을 쳐?"

오광훈은 이를 빠드득 갈았다.

"장난을 칠 수밖에 없지."

탈세를 한다는 것은 기부를 받았다고 서류를 꾸며 주고 그만큼 돈을 아끼게 해 주는 거다.

"그런데 그 서류를 올리면 결국 안 받은 돈을 받은 셈 쳐야 하잖아. 그러면 돈을 다른 데서 메꿔야 하거든. 그러니 당연히 장난을 치지."

노형진의 말에 오광훈은 부들부들 떨었다.

"씨발, 내가 조폭일 때도 먹는 것 가지고 차별하지는 않았다. 씹째끼들, 어떻게 엿을 먹이지? 그래도 탈세로 뒤를 캐 볼까?"

"아니, 그건 너무 뻔하지. 수사 자체를 방해받을 가능성이 높고."

"그러면 포대 같이는?"

"그것도 막힐걸."

이미 저쪽은 이쪽에서 무슨 의심을 하고 있는지 알고 있다. 그에 관련된 조사가 진행되지 못하도록 로비할 것이 뻔했다.

"다른 걸로 뭘 걸어, 그럼?"

"일단은 아동 학대가 제일 만만하지."

"응?"

노형진의 말에 오광훈은 깜짝 놀랐다.

"아동 학대? 학대가 벌어진다는 증거가 있어?"

노형진은 살짝 미소 지었다.

"그 증거야 만들어야지."

"어떻게?"

"당연히 아이들을 통해서지."

"하지만 애들이 제보할까?"

어찌 되었건 거기서 살고 있는 아이들이다.

그런 아이들이 제대로 고발할 리 없다.

"제보는 안 하겠지. 하지만 몸은 거짓말하지 않아."

"그 말은 왠지 19금 대사 같은데?"

"쌍놈의 새끼. 머릿속에 음란 마귀가 끼었나?"

노형진은 머리를 절레절레 흔들었다.

"너 거기에 갔을 때 냄새가 지독했다며?"

"그래. 도저히 못 먹겠더라."

"애들도 사람이야. 그 애들은 그거 먹겠냐?"

"배고프면 어쩔 수 없이 먹지 않을까?"

노형진은 고개를 흔들었다.

그렇게 쉽게 해결될 문제였다면 그가 아동 학대를 들고나올 생각도 하지 않았을 것이다.

"그날 보니까 아이들 체구가 또래보다 훨씬 작더라."

"그게 무슨 소리야?"

"밥은 주지만, 제대로 못 먹는다는 거지."

계속 그런 냄새나는 밥을 먹다 보면 어쩌면 익숙해질 수도 있다.

인간은 적응의 동물이라고 하니까.

하지만 아이들은 그게 아니다.

"학교에서는 의무 급식을 하거든."

중학교까지는 의무 급식을 한다.

고등학교도 급식비를 받기는 하지만 단체 급식이다.

"학교에서 보육원에서 쓰는 것 같은 쌀을 쓸까?"

"그럴 수는 없겠구나."

그런 걸 속일 수 있는 보육원과 다르게 학교라는 공간은 외부에 노출되는 경우가 많다.

그래서 그런 식으로 장난을 치지는 못한다.

과거에는 그런 경우가 많았지만, 요즘은 학생들이 스마트 폰을 들고 다니면서 찍어 올릴 수 있으니까.

"과연 학교에서는 멀쩡한 음식을 먹던 애들이 보육원에서 주는 썩은 밥을 제대로 먹을 수 있을까?"

"못 먹겠지. 하지만 그건 그 애들이 안 먹는 거잖아. 그게 왜 아동 학대로 이어지는 건데?"

"제발 생각 좀 해 봐. 그렇게 되면 결국 애들이 먹을 수 있는 건 하루 한 끼라는 거라고."

하루 한 끼. 그것도 점심 한 끼뿐이다.

아무리 먹어도 배가 고픈 시기가 바로 청소년기다.

"설사 비위가 좋아서 좀 먹는다고 해도, 딱 허기만 면할 정도로만 먹겠지."

쌀이 그 지경인데 반찬이라고 다를 리 없다.

아마 유통기한이 지났거나 유통기한이 임박한 상품을 사다가 먹일 게 뻔하다.

"지금은 21세기야. 요즘 같은 시기에 보육원에서 대규모 영양실조 파동이 터지면 어떨 것 같아?"

아마 언론에서 좋다고 물어뜯기 시작할 것이다.

"그건 그들이 막고 싶다고 해서 막을 수 있는 게 아니지."

"영양실조라……."

사실 성장기 아이들은 워낙 에너지 소비가 많기 때문에 아차 하면 영양실조가 온다.

실제로도 21세기라고 하지만 영양실조가 없는 건 아니다.

아프리카 같은 곳에서 흔한 게 영양실조다.

하지만 한국도 생각보다 영양실조가 많은데, 못 먹어서라기보다는 영양을 제대로 공급하지 못해서 발생하는 영양실조가 많다.

"가난해서 먹을 수 있는 게 한정되면 당연히 영양실조에 걸리지만, 너무 편식해도 영양실조가 걸려."

영양실조는 배고파서만 오는 게 아니니까.

"그러니까 영양실조로 먼저 때리자?"

"이제야 좀 알아듣네."

"자연이를 보면 전혀 영양실조 같지는 않던데."

"걔도 영양실조야, 내가 봐서는."

"뭐?"

"그 애 몸매 좋더라."

"변태 새끼."

"네가 할 말은 아닌데?"

노형진은 머리를 긁적였다.

어쩐지 자신이 진짜로 변태가 되는 느낌이었다.

"내가 말하고자 하는 건, 그 애가 몸매가 좋지만 또래를 생각하면 정상은 아니라는 거야."

백자연은 누가 봐도 상당히 발육이 좋고 몸매가 뛰어나다.

소위 말하는 모델 몸매다.

"그런데 모델들이 얼마나 가혹할 정도의 다이어트를 하는지 알아?"

모델들이나 아이돌들은 그 몸매를 유지하기 위해 가혹한 다이어트를 한다.

아이돌은 대부분 격한 율동을 한다.

실제로도 한 끼에 사과 반 개와 견과류 한 줌, 우유 한 잔을 먹으며 버텼다는 증언도 있었다.

당연하게도 아이돌이나 모델을 검사하면 거의 90% 이상이 영양실조라고 나올 수밖에 없다.

"몸매가 좋다? 외부에서는 그렇게 보일 수도 있지."

하지만 그 몸매를 유지하기 위한 노력은 실로 어마어마하다.

"으음……."

오광훈은 신음을 흘릴 수밖에 없었다.

물론 타고나기를 그런 사람도 있을 수 있다.

하지만 현 상황에서 못 먹어서 발생하는 영양실조 역시 무시할 수는 없는 노릇이다.

"키는 아무래도 유전적인 부분이 크니까. 그 은사라는 분이 키가 컸어?"

"엄청 컸지."

말 그대로 거한이라 불릴 만한 사람이었다.

덩치가 있고 키도 커서, 어려서부터 이쪽으로 들어온 사람이었고.

"니미 씨발 새끼."

오광훈의 눈에서 불이 켜졌다.

"이건 아무리 그쪽에서 감추고 싶다고 해도 감출 수 있는 게 아니니까, 조용히 영양실조 검사를 해 보자. 다행히 백자연이 그 안에 있으니 애들을 데리고 조용히 나오는 건 어렵지 않을 거야."

"어? 거기 없는데?"

"뭐?"

"그 새끼들이 또 때릴까 봐, 모텔 하나 잡아서 거기에 두고 왔는데."

"넌 진짜……."

노형진은 머리가 지끈거리는 느낌이었다.

⚖️

다행히 모텔에 있었던 기간이 짧아서 문제가 되지는 않았다.

백자연도 성인으로 보여서, 모텔 측에서 학생이라 생각하지 않아 신고하지 않은 덕도 있고.

"넌 생각이 있는 거니, 없는 거니? 모텔에 여고생을 현직 검사가 투숙시키면? 뭔 일이 날 것 같냐?"

아마 가루가 되도록 씹히고 쫓겨날 것이다.

"넌 검사라는 놈이 생각을 왜 그렇게 안 하고 살아?"

"왜 우리 아저씨한테 뭐라고 그래요?"

"응?"

노형진이 오광훈을 구박하자 도리어 백자연이 성을 낸다.

노형진은 그런 백자연을 보다가 고개를 흔들었다.

"아니다. 그래, 내가 말을 말자."

"아저씨한테 뭐라 하지 마요."

"알았다, 알았어. 그런데 네가 해 줄 게 있는데."

"이야기 들었어요. 영양실조로 때릴 수 있게 아이들을 데리고 와 달라면서요?"

"그래."

보육원 내부에서 빼내는 것은 어렵지만 학교에 왔을 때 나오라고 하는 것은 어렵지 않다.

"중학생 중에 저랑 친한 애를 시켜서 데리고 나오면 되니까요."

"가능하면 많이 데리고 오면 좋은데, 그렇다고 너무 많으면 안 된다."

"무슨 뜻인지 알아요. 제가 바보인 줄 아시나? 최대한 영양 상태가 안 좋은 애로 골라서 오라는 거잖아요?"

"눈치가 빠르니 좋구나."

노형진은 그렇게 말하면서 눈치라고는 약에 쓰려 해도 없는 오광훈을 바라보았다.

"날 왜 꼬나보는데?"

"아니다. 말을 말자."

고개를 흔든 노형진은 차분하게 말을 이었다.

"기자들이랑 이야기는 해 놨어. 공식적으로 이 사건에서 영양실조 검사는 기자들이 하는 거야."

하지만 비용은 노형진이 내는 것이다.

요즘 기자들 중에서 자기 돈을 내 가면서 조사하는 사람은 많지 않기 때문에 어쩔 수가 없었다.

"최소한 열 명 이상의 영양실조 상태가 드러나야 언론에서 대대적으로 때릴 수 있어. 너도 신고해 봐서 알겠지만, 그들 뒤에는 다른 사람들이 있어. 그래서 섣불리 신고를 해도 처벌은 안 받아."

"알아요."

노형진 일행과 알기 전부터 보육원 측과 싸워 온 백자연이다.

눈치 빠른 그녀가 그런 걸 모를 리 없다.

"걱정하지 마세요. 삐삐 마른 애들이 넘쳐 나니까. 그런데 아주 어린 애들도 데려와요?"

"아주 어린 애들?"

"네, 유아나 영아도 많거든요."

"뭐? 잠깐만! 그게 무슨 소리야?"

노형진은 귀를 의심했다. 유아나 영아라니?

"거기는 그런 애들 없잖아?"

"좀 떨어진 곳에 다른 보육원이 있어요."

청우는 이곳 말고도 다른 곳에 보육원이 있다.

그곳에서 유아나 영아를 데리고 있다가, 아이가 커서 초등학교에 입학할 나이가 되면 자연스럽게 이곳으로 넘어온다는 것이다.

"중학교 2학년 이상이 되면 무조건 거기 가서 일을 해야 해요. 좋게 말해서 자원봉사지만······."

"쌍놈의 새끼들."

오광훈은 발끈했다.

안 봐도 뻔하다. 인건비를 아끼기 위해 그러는 것이다.

"그런데 거기에 영유아도 있다고?"

노형진은 그 부분이 영 걱정이 되었다.

이것이 법이다

"네. 그런데 정해진 시간에 분유를 주는데, 그 양이 충분한 것 같지는 않더라고요."

"흠……."

노형진은 심각하게 고민되는 얼굴이 되었다.

'아이들은 먹는 게 중요한데.'

아이가 태어나면 분윳값을 벌기 위해 일한다고 할 만큼 분유는 생각보다 고가의 물건이다.

거기에다가 아이들은 그때는 말 그대로 먹고 자기를 반복한다.

'그런데 그런 영유아에게까지 제대로 밥을 안 준다면…….'

노형진은 눈을 찌푸렸다.

이건 심각한 문제다.

"아무래도 그쪽도 파 봐야 할 것 같구나."

"하지만 어떻게요? 전 거긴 못 들어가요."

"거기 이름이 뭐니? 그쪽도 좀 알아봐야겠다."

노형진은 눈을 살짝 찡그리면서 말했다.

다행히 그곳을 알아내는 것은 어렵지 않았다.

그리고 그 내부에 사람을 보내는 것도 어렵지 않았다.

아니, 이미 들어가 있는 거나 마찬가지였다.

"미친 새끼들."

바닥을 기어 다니는 아기들.

이제 겨우 고개만 가누는 아이들이 배고프다고 울고 있지만 직원 중 누구도 신경 쓰지 않았다.

도리어 허둥거리는 건 반강제로 아이들을 보살피라고 보내진 고아들이었다.

–분유 좀 주세요. 아이들이 배고프다고 울잖아요.

고등학교 3학년, 얼마 후면 고아원을 나가야 하는 아이는 노형진의 설득을 받아서 돈을 받는 조건으로 몰래 해당 영상을 촬영했다.

밥도 제대로 주지 않는 고아원이 자립비를 제대로 줄 리 없으니까.

–아침 먹은 지 얼마나 되었다고? 조금 있으면 잘 거야.

–아니, 그걸 말이라고 하는 거예요?

–울다 지치면 자게 되어 있어.

"와, 이런 미친."

노형진은 그걸 보면서 부들부들 떨었다.

그 또한 태교에도 열렬히 참여했고 아이도 키워 봤다.

저때의 아이들은 못해도 세 시간에 한 번은 분유를 먹여야 한다.

그래서 저때는 부모들이 자는 게 쉽지 않다.

잠들 만하면 일어나서 분유를 먹여야 하니까.

"아기들한테 꼴랑 네 끼를 먹인다고?"

마치 성인처럼 아침 점심 저녁 먹이고 있었다.

그나마 다행인 건, 그래도 밤 10시쯤 한 번 더 먹인다는 정도?

"씨발, 더러운 새끼들. 아무리 내가 조폭이었다지만 애들은 안 건드렸다."

오광훈도 기가 막힌 듯 말했다.

애들이 배고파서 울고 있는데 신경 쓰는 직원은 극히 드물었고, 대부분은 보육원에서 파견 나간 아이들뿐이었다.

"어떻게 애들한테 저러지?"

"애들이 돈이 되거든."

저항하지도, 신고하지도 못 한다.

그러니 딱 죽지 않게만 하면 되는 거다.

"너 애들을 대상으로 하는 범죄가 얼마나 많은지 알면 놀랄 거다."

더 웃긴 건, 그런 놈들은 죄책감이 없다는 거다.

그들 스스로는 그래도 내가 사기꾼보다는 낫다고, 내가 성인 대상 범죄자보다는 낫다고 합리화를 한다.

"어떻게 보면 가장 악질적인데 말이지."

노형진은 동영상을 꺼 버렸다.

보고 있으면 열불만 터질 뿐이니까.

"일단은 계획대로 영양실조로 먼저 때리자. 그 후에 이 영상을 인터넷에 뿌리면 아마 가루가 되도록 까일 거야."

"하지만 탈세를 위탁했던 놈들이 사건을 덮으려고 할 텐데?"

"나도 그 부분이 걱정인데⋯⋯."

이런 곳을 통해 탈세를 할 정도라면 절대 작은 금액은 아니다.

당연하게도 그들이 어떻게 해서든 사건을 덮으려고 할 것이다.

"그건 그 나름대로 방법이 있으니까 걱정하지 말라고."

노형진은 턱을 문지르며 말했다.

"애들 밥 가지고 장난치는 놈들은 평생 콩밥을 먹여야지."

오광훈은 고개를 끄덕거렸다.

잘 먹고 잘살려고 사는 거다

백자연은 친구들과 동생들을 데리고 왔다.

처음에는 꺼림칙하던 아이들이었다.

아무래도 현재 살고 있는 보육원에 덤빈다는 게 찝찝했던 것이다.

하지만 백자연에게서 적지 않은 용돈을 준다는 이야기를 듣자 아이들은 조용히 따라 나왔고, 그 아이들을 검사한 기록을 보면서 기자는 눈을 찌푸렸다.

"아니, 검사한 애들이 스무 명인데 그중 열다섯 명이 영양실조라고요? 지금 같은 시기에 이게 말이나 됩니까?"

"말이 됩니다. 그들이 하는 행동을 말씀드렸잖습니까?"

노형진은 그렇게 말하면서 기자에게 넌지시 사진을 건넸다.

"이게 현 상황입니다."

빼빼 마른 아이들.

사진을 보면서 기자는 입술을 깨물었다.

그 자신도 한 아이의 아버지로서, 지금 같은 상황을 보고 화가 나지 않을 수가 없었다.

'영양실조에 걸리지 않으면 그게 이상한 거지.'

못 먹을 음식을 내놓고 있으니까.

설사 아이들이 바깥에서 사 먹는다고 해도 영양실조 문제는 심각하다.

바깥에서 사 먹는 음식들은 대부분 영양소가 편중되어 있으니까.

'아프리카처럼 뼈만 남아서 배만 뽈록한 아이들은 아니지만.'

그건 말 그대로 죽기 직전의 상황이다.

하지만 현재 보육원의 아이들이 상당수가 영양실조인 것은 확실했다.

'심지어 백자연도 말이지.'

노형진의 예상대로 백자연도 영양실조에 걸린 상태였다.

근골이 좋다고 해서 영양실조에 안 걸리는 건 아니다.

"이걸 그대로 터트리면 아마 난리가 날 겁니다."

"그걸 터트린 후에 이것도 부탁드립니다."

노형진은 CD로 구운 영상을 내밀었다.

그걸 보고 기자는 고개를 끄덕거렸다. 그게 어떤 내용인지 이미 노형진의 핸드폰을 통해 봤으니까.

"알겠습니다. 걱정하지 마십시오. 바로 터트리면 힘이 없으니, 후속으로 좀 있다가 터트리지요."

그러나 노형진은 고개를 흔들었다.

"안 됩니다."

"네? 안 된다고요?"

"제가 연락드리겠습니다. 기다리다가, 그때 터트리시면 됩니다."

"하지만 너무 오래 기다리면 효과가 반감될 텐데요?"

기자는 걱정스럽게 말했다.

물론 충격적인 영상이다.

그러나 시간이 지나면 인간은 잊기 마련이다.

"그렇게 오래 걸리지 않을 겁니다. 다만 상대방을 제대로 응징하려면 시간이 좀 지나야 합니다. 길게는 안 갑니다. 아무리 길어야 일주일 정도일 겁니다."

"그 정도면 뭐……. 그 정도 시간이면 우라까이 기사들이 시간 좀 벌어 주겠네요."

"그 틈에 이 보육원 출신 아이들과 인터뷰를 하셔도 될 겁니다."

"아! 그게 있었군요. 감사합니다. 바로 연락처를 알아봐야 겠네요. 그 영상은 말씀하신 대로, 연락 주시면 공개하겠습니다."

기자가 나간 후 오광훈은 찜찜한 얼굴이 되었다.

"진짜로 영양실조가 걸렸네."

"풍요 속의 빈곤이라고 할 수 있지. 사실 영양실조라는 단어가 가지는 의미는 진짜 굶어 죽는다는 느낌은 아니거든."

"응? 그게 무슨 소리야?"

"심각한 영양 불균형 역시 영양실조에 들어간다고 했잖아. 예를 들면 원 푸드 다이어트 같은 거."

"원 푸드 다이어트?"

"그거 있잖아. 황제 다이어트니 뭐니 해서, 한 가지 종류의 음식만 미친 듯이 먹는 거."

"아아, 무슨 뜻인지 알겠다."

그걸로 살이 빠지는 사람이 있기는 하다.

하지만 그건 건강하게 살이 빠지는 게 아니라, 영양소 불균형으로 인해 몸에 무리가 가서 살이 빠지는 거다.

"지금 애들도 마찬가지야. 사실 지금 영양 상태가 의학적으로 굶어 죽거나 할 상황은 아니지만, 영양의 불균형이 심하지. 의학적으로는 영양실조라고 볼 수 있어."

그러나 사람들이 생각하는 영양실조 상태는 아프리카의 그런 모습들이 많다.

그러니 아마도 언론에 이 사실이 나가면 가루가 되도록 까일 것이다.

"그런데 그게 나간다고 해서 그들이 망할까?"

"이건 시작일 뿐이야."

제대로 싸우기 위한 시작점.

"진짜 싸움은 그 이후부터고 말이다."

⚖️

얼마 후 언론에서 보육원의 실태에 관한 뉴스가 나갔다.

─경기도에 있는 A 보육원에 있는 아이들 중 70% 이상이 심각한 영양실조 상태인 것으로 드러났습니다. 취재에 따르면 보육원에서 지급되는 쌀은 도무지 먹을 수 있는 수준이 아니었을 뿐만 아니라 대부분의 음식의 질도 최악이었습니다.

증거용으로 올라온 사진들.

아이들이 사용하는 식당이었기에 직원들의 감시를 피해서 사진을 찍는 것은 그다지 어려운 일이 아니었고, 그 사진은 그대로 인터넷을 타고 퍼졌다.

그리고 그날 다음 날 아침부터 우라까이(언론사의 기사 베끼기)가 무섭게 퍼지기 시작했다.

"의외로 이번 일은 못 막네?"

오광훈은 신기한 듯 말했다.

분명 탈세를 위해 도움을 주는 곳이 막아 줄 거라 생각했기 때문이다.

"보육원을 통해 탈세를 하는 놈들은 그다지 큰 놈들은 아닐 거야."

"뭐?"

"언론사까지 통제할 정도의 재벌은, 그 정도 보육원은 눈에도 안 들어올걸."

그곳에서 탈세를 한다고 해도 결국 매년 1억에서 2억 사이다.

언론을 통제하기 위해서는 재벌가 수준이 필요한데, 그런 기업은 이 정도 규모로는 세금을 털어 낼 수가 없다.

"결국 고만고만한 기업인이나 정치인, 지역 유지 정도 되는 수준이지. 그 증거가 네가 받은 처벌이고."

"내가 받은 처벌? 감봉 3개월?"

"그래."

만일 재벌가였다면 절대로 감봉 3개월로 끝나지 않는다.

아마 현직 검사가 보육원 원장을 폭행한 것을 언론에 터트리면서 잘라 내려고 했을 것이다.

"아무리 네가 스타 검사라고 할지라도 그 정도로 언론에 까이면 나갈 수밖에 없지."

하지만 그러지 않았다.

그럴 수밖에 없는 게, 스타 검사인 오광훈을 언론을 통해 깐다는 것은 검찰의 얼굴에도 먹칠을 하는 짓인 셈이다.

"즉, 이득 자체가, 너를 쫓아내는 게 그냥 처벌하는 것보다는 더 커야 해."

하지만 그렇지 않았다.

그 대신에 감봉 3개월로 끝났다.

"사실 감봉 3개월이면 네가 저지른 일을 기준으로는 살짝 강하기는 하지만, 아주 강한 건 또 아니거든. 다만 징계가 엄청나게 빨리 떨어진 게 좀 걸리는데……."

그 말의 의미는 간단하다.

일은 빠르게 진행시킬 수 있어도 처벌을 강하게 요구할 수 있는 자리는 아니라는 것.

"그 말은, 검찰보다 상대적으로 아래라는 거지."

하물며 검찰보다 더 통제하기 힘든 게 언론이다.

그럴 수밖에 없다.

검찰은 상명하복의 조직이다.

윗사람 몇 명에게 좀 쥐여 주면 알아서 틀어막아 준다.

"하지만 언론은 아니야."

윗사람에게 돈을 준다고 해도 한국의 언론사는 수십 개다.

그뿐만 아니라 노형진이 전략적으로 키운 인터넷 언론인들도 상당수다.

"그들을 다 틀어막으려면 수십억이 들어가. 과연 탈세하던 놈들이 그 정도 돈을 내면서 그들을 지켜 줄까?"

"아하!"

물론 탈세가 걸리는 거라면 막으려고 했을지도 모른다.

하지만 이건 탈세와는 상관없다.

"결국 그들은 손절을 하는 거지."

노형진은 씩 웃었다.

"그리고 지금쯤이면 아마 사건이 정리되어 갈 텐데."

노형진은 핸드폰을 열어서 날짜를 확인했다.

사건이 터진 지 사흘.

아마 이제 원장이 하던 짓거리가 대충 마무리되어 가고 있을 것이다.

"자, 그러면 진짜 폭탄을 터트려 볼까?"

노형진은 전화기를 들었다.

그리고 단 한마디만 문자로 보냈다.

ㅡ시간이 되었습니다.

⚖️

"의원님! 어떻게든 해 주세요! 우리가 죽을 맛이란 말이에요!"

ㅡ김 원장, 이걸 어떻게 나보고 막으라는 건가? 내가 할 수 있는 수준이 아니잖아.

김 원장은 마지막 끈을 잡고 빌고 빌고 또 빌었다.

하지만 국회의원도 아니고 고작 도의원이, 이 지경에 이른 사건을 무마할 수는 없었다.

이것이 법이다

─적당히 시간이나 끌어. 어차피 우리나라 국민들은 개돼지야. 시간 지나면 다 잊어.

"그럴 상황이 아니라니까요."

김 원장은 입술이 바짝바짝 타는 듯했다.

아동 학대로 고발이 들어갔고 기사는 계속 뜨고 있었다.

심지어 보육원을 나간 원생들까지 찾아가서 인터뷰를 하는 바람에, 그녀가 아주 오래전부터 그랬다는 것이 드러나고 있었다.

"잊기야 잊겠지요. 하지만 그때쯤이면 내가 감옥에 가 있을 거라고요!"

─아니, 어디다 대고 성질이야! 내가 학대했어? 내가 학대했냐고! 김 원장에게 도움을 받은 건 사실이지만, 그게 당신을 무조건 보호해야 할 이유는 아니야!

화를 버럭 내는 상대방의 태도에 발끈한 김 원장은 자신도 모르게 소리를 버럭 질렀다.

"내가 혼자 죽을 것 같아!"

그 순간 싸늘하게 가라앉는 공기.

상대방은 전화기 너머 먼 공간에 있음에도 불구하고 마치 바로 옆에 있는 듯 찬바람이 불었다.

─김 원장, 혼자 죽기 싫어? 그래, 어디 한번 나불거려 봐.

"……."

김 원장은 아차 싶었다.

자신을 지켜 주지는 않을 테지만 스스로를 지키기 위해 상대방이 힘을 쓰지 않을 이유가 없다.

　―내가 도움 좀 받았다고 해서 서로 같은 수준이라 생각하나 본데, 헛소리는 적당히 해 줬으면 좋겠군.

　"의…… 의원님, 그건 제가 흥분해서……."

　―잠깐 감방에 다녀오면 정신 차리게 될 거야. 난 바쁘니까 나중에 통화하지.

　전화가 끊어지고 수화기에서 뚜 소리가 나자 원장은 얼굴을 부여잡았다.

　"어떻게…… 어떻게……."

　지금까지는 동네 경찰만 상대하면 되었기 때문에 이런 일은 없었다.

　하지만 언론에 한번 나가기 시작하자 당장 지금도 입구에 기자들이 죽치고 있었다.

　아이들은 그들이 붙잡고 물어보는 대로 족족 대답하고 있고.

　대답하지 말라고 몇 번이나 아이들에게 겁을 주기는 했지만, 그동안 쌓인 게 많았던 일부 아이들은 참고 넘어가지 않았다.

　"일단 서장님을 만나 보자."

　다른 건 몰라도 실형은 절대 받아서는 안 되는 일이었다.

　벌금이야 1천만 원이든 1억이든 낼 수 있다.

　그동안 모아 둔 돈이 있으니까.

하지만 실형을 받으면 결국 보육원을 빼앗길 수밖에 없다.

그러면 자신의 더러운 부분이 드러날 수밖에 없다.

"서장님이라면 검찰 쪽에 선을 놔주실 수 있을 거야. 그러니까……."

그녀가 막 일어나는 그때, 문이 벌컥 열리면서 직원 한 명이 다급하게 들어왔다.

"원장님! 큰일 났어요!"

"큰일? 지금보다 더 큰일이 있을 리 없잖아요? 지금 상황도 모릅니까!"

그녀는 직원이 뭐라 할지, 듣고 싶지 않았다. 직감적으로 일이 단단히 틀어지고 있다는 것을 느꼈기 때문이다.

하지만 닭의 모가지를 비튼다고 해서 아침이 오지 않는 것은 아니듯이, 그녀의 입을 막는다고 해서 벌어진 죄악이 사라지는 것은 아니었다.

"인터넷에서 후속 기사가 떴는데, 영아 시설에 대한 기사예요!"

"영아요?"

"네."

다급하게 핸드폰을 보여 주는 직원.

그걸 받아 든 원장은 정신이 아찔해졌다.

그건 인터넷 기사임과 동시에 동영상이 첨부되어 있었다.

—애들 밥 좀 주세요! 배고파서 우는 거 안 보여요!

누군지 모를 사람의 항의.
그리고 화면에 보이는 여자의 표독스러운 목소리.
원장도 잘 알고 있는, 영아들을 관리하는 직원이었다.

—아침 줬잖아! 뭘 더 달래?

그 너머에서 들리는 아이들의 울음.
그것도 한두 명도 아닌 수십 명의 울음이었다.

—애들이 어른은 아니잖아요! 두 시간에 한 번은 먹여야지요!
—하루 네 끼만 먹여도 안 죽어! 다 해 봤어! 그냥 가서 애들이나
재워!
—배가 고픈데 애들이 자겠어요?
—그러니까 어떻게든 재우라고! 그러라고 부른 거 아냐! 아, 진짜
저 새끼들은 오늘따라 왜 저 지랄이야. 왜 안 자고 빽빽거려?
—당신이 그러고도 인간이야!

촬영자는 발끈했지만 여자는 비웃음을 날렸다.

—내가 애들을 얼마나 키워 봤는지 알아? 저래도 안 죽으니까 걱

정하지 마. 조금 있으면 점심시간이야. 그때 줘도 된다고.

—두 시간이나 남았는데 조금 있으면이라니! 두 시간마다, 하다못해 세 시간마다라도 먹여야지!

—그러면 퇴근은? 나는 잠은 언제 자고? 내 애새끼도 아닌데 내가 왜 그래야 하는데?

빈정거리는 직원의 말.

그리고 촬영자는 화가 난 듯 바깥으로 나갔다.

그리고 근처 마트에서 닥치는 대로 분유를 사는 모습으로 영상이 끝났다.

"이게 뭐야?"

정신이 아찔해진 김 원장의 입에서 마치 혼이 빠져나오듯 나지막한 신음이 흘러나왔다.

"이게 뭐냐고!"

그녀는 새된 비명을 질렀지만, 누구도 그 대답을 하지 않았다.

⚖️

"얼씨구나, 좋구나."

촬영된 영상에 대한 반응은 어마어마했다.

말 그대로 공분을 자아내고 있었다.

인터넷에서는 이미 청우 직원들의 신상이 까발려지고 있었고, 사람들은 당장이라도 그들을 죽일 기세였다.

"와, 진짜 치사해."

"치사한 게 아니라 작전을 쓴 거란다."

노형진은 백자연에게 느긋하게 말했다.

사실 여기서 촬영한 사람은 이번에 나가는 백자연의 친구였다.

그녀 역시 원장에게 쌓인 게 많아서, 백자연의 부탁을 받고 기꺼이 촬영에 도움을 줬다.

작은 몰래카메라 정도는 어렵지 않게 구할 수 있으니까.

"그런데 애들은 왜 울리라고 한 거예요? 강제로 애들 울렸다고, 미안해 죽겠다고 하던데."

노형진은 머리를 긁적거렸다.

"뭐, 그 부분은 미안한데, 어쩔 수가 없어. 좀 더 자극적인 그림을 만들어야 했거든."

"자극적인 그림?"

눈을 찌푸리는 백자연.

노형진은 재빨리 변명을 했다.

그리고 어린애들을 울리는 게 좋은 건 아니었으니까.

"너 빈곤의 포르노라는 말 아니?"

"엑, 더러워. 변태는 오 검사님이 아니라 변호사님이셨네."

"아니, 그 포르노가 아니라……."

노형진이 다급하게 변명을 하려고 하는데 오광훈이 먼저 끼어들어서 설명을 해 버렸다.

"빈곤의 포르노는 진짜 포르노가 아니라, 가능한 한 최대로 불쌍하게 보이게 해서 기부금을 받아 내는 기술이야. 기부 단체에서 툭하면 애들이 굶어 죽네 어쩌네 하잖아? 그게 그런 거야. 최악의 상황만 보여 주고 우리에게 기부해라 그러는 거지. 사실 그런 거 전문적으로 촬영하는 배우나 감독도 있어."

"그래요? 역시 오 검사님은 엄청 똑똑해."

그리고 그 설명하는 오광훈을 본 노형진의 표정은 뜨악해졌다.

"어흠, 내가 좀 똑똑하긴 하지."

거들먹거리는 오광훈을 보던 노형진은 머리를 절레절레 흔들었다. 그리고 추가 설명을 붙였다.

"개념을 이해했으니까 방법을 설명할게. 영상에 나오는 대화는 애들이 굶는 것에 대한 이야기야. 그리고 애들은 울고 있지. 영상을 접한 사람은 어떻게 생각할까?"

"아아, 무슨 뜻인지 알겠네요. 그걸 본 사람들은 애들이 배고픔에 허덕거린다고 생각하겠네."

"그래, 그리고 문명국가에서는 아이들, 특히 영유아에 대한 학대는 절대로 용서받지 못할 범죄야."

사실 배고픈 시간이기는 하다.

보통 두 시간에 한 번 먹이니까.

하지만 슬슬 배고파지는 정도일 뿐이니 저렇게 자지러지게 울진 않는다.

"하지만 사람들의 공분을 자아내기 위해서는 살짝 쇼가 필요한 거지."

애들을 울리는 게 다소 마음에 걸린 것은 사실이다.

하지만 여기서 적당히 하면 장기적으로는 아이들에게 심각한 타격이 간다.

영유아 때 먹는 건 단순한 생존의 문제만이 아니다.

제대로 먹지 못하면 아이들의 지능 발달과 신체 발달에 심각한 피해가 간다.

"그걸 막기 위해서는 사람들이 감정적으로 아이들에게 강하게 동조하도록 해야 해. 멀쩡한 인간이라면 어린아이들이 저렇게 울고 있는 걸 보고도 마음이 움직이지 않을 수가 없지."

인간이라면 아이들이 배고픔에 울고 있는 그 상황이 절대 마음 편하지 않을 것이다.

특히나 아이를 키워 본 경험이 있는 사람이라면 아마 격한 분노를 느낄 것이다.

"그러면 마지막 장면도 계획적인 거네요?"

"맞아."

마지막 장면, 그러니까 가서 분유를 닥치는 대로 사는 장면.

그건 보육원에서 분유를 충분히 주지 않는 것을 상징적으로 보여 주는 장면이다.

그래서 자원봉사자가 사비를 들여서 애들을 먹이는 그런 느낌.

"역시 그렇지?"

'역시 그렇지는 개뿔.'

마치 안다는 듯 말하는 오광훈을 흘겨본 노형진은 속으로 쓴웃음을 삼켰다.

"그리고 애들을 강제로 울린 것도 아니잖아?"

애들을 강제로 울린 게 아니다.

다만 배가 고파서 칭얼거리는 시점에 평소처럼 달랜 게 아니라 방치했을 뿐이다.

"양심에는 좀 걸리지만, 효과는 확실하지."

경찰과 검찰은 아동 학대에 대해 조사를 시작했고, 관련자들은 줄줄이 소환되었다.

정부에서 파견된 사람들이 매일같이 식단을 점검하고 있었다.

"하긴, 그건 인정해요."

백자연은 고개를 끄덕거렸다.

"검사님이 왔다 간 후에 식당에서 나오는 음식이 거의 생일잔치급이라니까요."

그러면서 오광훈을 바라보는 백자연.

노형진은 그냥 우연이라고 말하고 싶었지만 마냥 우연은

아니었다.

실제로 겁을 먹고 움찔한 건 사실이니까.

"그나저나 넌 집에 안 가냐?"

"호텔에 가 봐야 암것도 없는데요?"

지난번 사태 이후 노형진은 혹시나 구설수가 나올까 봐 그녀를 호텔로 옮겼다.

물론 호텔 역시 공식적으로 복수재단을 통해 빌렸다.

그래야 이상한 소리가 안 나오니까.

"얼른 가라. 우리도 퇴근해야 해."

"칫, 꼰대."

툴툴거리면서 나가는 백자연.

그리고 그가 나가자마자 갑자기 오광훈은 두 손을 합장하고 불경을 외우기 시작했다.

"나무아미타불 관세음보살. 마하바라밀다……."

"뭐 하냐?"

"은사님이 나 죽이러 올까 봐 겁난다."

"켕기기는 하는구나?"

"내가 바보냐? 그 정도 눈치는 있다."

"아니, 넌 충분히 바보야."

백자연이 오광훈에게 호감을 보이는 것 정도는 노형진도 눈치를 챘다.

아니, 호감을 넘어선 수준이다.

아마도 오광훈을 남자로 보는 듯했다.

물론 오광훈 입장에서는 죽을 맛일 거다.

"젠장, 고삐리가 대시하는데 그걸 어떻게 막냐?"

"너도 무섭긴 한가 보구나."

"무섭지, 당근! 어젯밤에는 은사님이 꿈에 나와서 내 딸 눈물 나게 하면 공구리 친다고 하더라."

"뭔 놈의 공구리가 무슨 만국 공통어냐?"

노형진은 고개를 절레절레 흔들었다.

"그런데 한 가지만 물어보자."

노형진은 궁금한 게 있었다.

평소와 다르게 똑똑한 모습을 보여 주던 오광훈.

"빈곤의 포르노가 뭔 개념인지 어떻게 알았냐?"

자신이 아는 오광훈이라면 절대 알 리 없는 개념이다.

그런데 정확하게 설명했다.

그리고 그 이유는 간단했다.

"아, 그거? 포르노에 관해 검색하다 보니까 나오던데. 우연히 봤다."

"그래, 내가 뭘 기대하겠냐."

혹시나 공부를 하지 않았을까 하고 기대했던 노형진은 고개를 흔들었다.

"그런데 말이야, 이제 어쩔 거야? 일단 일이 커지기는 했는데 말이지, 이 정도로도 충분히 응징이 된 것 같기는 한데."

"충분해? 전혀."

아이들 먹을 것 가지고 장난치던 놈들이다.

그런 놈들에게 이 정도는 충분한 응징이 아니었다.

"우리가 잡아야 하는 놈들은 더 있잖아."

"어떤 놈들?"

"포대 갈이 업자랑 탈세범들."

"아, 그놈들?"

"그래."

그들이 직접적으로 아이들을 학대한 것은 아니지만, 그들 때문에 아이들에게 피해가 간 것은 사실이다.

포대 갈이 업자 때문에 아이들이 밥을 제대로 못 먹어서 직접적인 피해를 입었고, 탈세를 한 놈들 때문에 정상적인 기부금이 부족해지면서 아이들이 제대로 된 지원을 받지 못했으니까.

"그 새끼들을 잡아야지. 그래야 끝나."

"그런데 그 김 원장이라는 여자가 과연 입을 열까? 내가 봐서는 안 열 것 같던데."

오광훈은 부정적으로 고개를 흔들었다.

"내가 범죄자 출신이잖아. 그리고 공부하면서 보니까, 이런 경우는 뭐 기껏해야 한 1년 조금 넘게 살다 나오겠더구먼."

"판례를 찾아봤냐?"

"그래."

"그래도 노력은 하는구나. 다행히 그 정도는 아니야."

일반적인 아동 학대는 아무리 길어 봤자 신체적 상해가 없는 이상 1년 정도가 최고다.

우리나라의 물렁한 법 때문에 제대로 된 처벌이 이루어지지 않는 것이다.

"하지만 이 경우는 다중 학대거든. 아마 좀 더 나올 거야. 그래 봤자 2년 정도일 테지만."

"그게 그거지. 거 학교 잠깐 갔다 오는 게 무슨 도움이 된다고."

"그건 그렇지."

다른 건 몰라도 한국에서 학교에 갔다 온다는 것, 그러니까 교도소를 간다는 것은 사람의 갱생에 도움이 안 된다.

"내가 경험해 봤으니까 잘 알지."

한국의 교도소는 반성을 할 만한 구조가 아니다.

하루 종일 방에 갇혀 있으며 생활이 좀 불편하기는 하지만, 생각할 시간이 많아질 뿐이지 실질적으로 내가 다시는 범죄를 저지르지 말아야겠다는 생각이 들 만한 불이익은 없다.

실수로 온 범죄자들이야 후회하겠지만, 작정하고 범죄를 저지른 놈들은 재수 없어서 걸렸다고 생각하는 것이 현실이다.

"알아. 원장을 처벌한다고 해서 그들을 제대로 수사할 리는 없지. 하지만 다른 쪽에서 파고들면 되는 거야."

"어디?"

"일단 검찰과 분유 회사."

"분유 회사?"

노형진의 말에 오광훈은 어리둥절했다.

"그래, 원래 물건이라는 건 다 비슷하게 움직이기 마련이거든, 후후후."

가장 먼저 접촉한 것은 검찰이었다.

"이거 오광훈 검사가 건진 사건입니다. 아시죠?"

"압니다만."

"그런데 오광훈 검사한테 사건을 조사했다고 징계 준 게 소문나면 곤란하지 않겠습니까?"

전화위복이라고 했다.

오광훈이 발끈해서 원장을 두들겨 팼지만, 다행히 원장의 범죄 사실이 너무 극악해서 도리어 빼도 박도 못하고 오광훈이 발굴한 사건이 되어 버렸다.

"끄응."

"오광훈 검사가 지검장이랑 친한 거 아시죠? 그분한테 보고는 하신 건가요?"

"원하는 게 뭡니까?"

듣고 있던 부장검사는 눈을 찌푸렸다.

"외부에 안 터트릴 테니까 일단 오광훈 검사 3개월 감봉한 거나 무효로 만들어 주시죠. 아니면 오광훈 검사가 아동 학대 조사하는데 윗선에서 징계 먹었다고 발표하겠습니다."

"후우, 노 변호사님. 이렇게 검찰이랑 서로 날 세워야겠습니까?"

부장검사는 어떻게 해서든 노형진을 설득하고 싶은 모양이었다.

"검찰이랑 변호사랑 친하면 그게 이상한 거죠."

노형진은 빈정거리면서 말했다.

그리고 단호하게 선을 그었다.

"그리고 검찰이랑 날 세우는 게 아니라 당신네 파벌이랑 날 세우는 거죠. 안 그런가요?"

검찰 내부에도 새론의 스타 검사 전략을 싫어하는 사람들이 있다.

그리고 이번 징계를 이끌어 낸 것이 바로 그들이다.

'그러겠지.'

승진할 수 있는 자리는 한정적인데 실적으로 보나 외부에 드러나는 이미지로 보나, 스타 검사들이 훨씬 더 유리하다.

그러니 그들이 좋게 볼 수가 없다.

'그럼 제대로 일을 하든가.'

스타 검사의 본질은 간단하다.

다른 사람들이 하지 않는 일을 하는 것.

억울한 사람들을 보호하는 것.

그것만 제대로 하면 스타 검사가 된다.

그런데 저들은 정작 그건 하지 않으면서 자신들의 승진 자리를 빼앗긴다고 징징거리는 것이다.

"아니면 발표할까요? 위에서 뭐라고 할까요?"

바보도 아니고, 자기 파벌 아니라고 무리하게 징계를 한 것이 드러나면 아마 위에서도 저들의 파벌을 가만두지는 않을 것이다.

역으로 저들에게 징계를 먹이겠지.

"이야기해 보겠습니다."

"네, 뭐. 그러면 저도 기자랑 이야기를……."

"알겠습니다. 어떻게든 취소할 테니까……."

전화기를 꺼내 드는 노형진의 행동에 다급하게 책상 너머로 손을 뻗어서 말리는 부장검사.

그는 속으로 이빨을 갈고 있겠지만, 칼자루는 이쪽에 있었다.

'채찍질은 이쯤 하면 된 것 같고.'

노형진은 바보가 아니다.

물론 스타 검사 전략이 성공하면서 이쪽에 실적을 밀어줘야 하기는 하지만, 그렇다곤 해도 저쪽에도 뼈다귀 정도는 던져 줘야 한다.

그의 말마따나 적을 많이 만들어서 좋을 게 없다.

'더군다나 이건은 오광훈이가 처리하기에는 무리가 있으

니까.'

세무 관련 기록을 파고 조사하기 위해서는 오광훈이 그 기록을 볼 줄 알아야 하는데 그게 가능할 리가 없다.

당연히 넘겨줘 봐야 오광훈이 그걸 파고들 방법이 없다.

"물론 우리만 살자는 게 아닙니다. 아동 학대 건까지는 아니지만 비슷한 건이 있는데 어떻게, 조사해 보시겠습니까?"

"비슷한 건?"

"네."

노형진의 말에 부장검사의 눈이 반짝거렸다.

이 사건은 이미 전국적으로 공분을 일으키고 있다.

그런 상황이니, 비슷한 건수 하나만 털어 낸다면 스타 검사처럼 비중을 높일 수 있다.

"적당한 건이 있습니까?"

"네. 어떻게 보면 말이죠, 더 큰 건입니다."

"더 큰 건이라 하면?"

"아동 학대의 근본적인 이유가 된 건수죠."

"그게 뭡니까?"

부장검사는 노형진이 목소리를 낮추고 말하자 자신도 모르게 함께 목소리를 낮추고 물었다.

"탈세죠."

"탈세?"

"네. 탈세와 포대 갈이가 있었다는 정황이 있습니다. 그리고 현재 오광훈 검사가 청구한 영장은 기본적으로 아동 학대에 관련된 것뿐이죠."

부장검사의 얼굴에 살짝 홍조가 떠올랐다.

아동 학대도 충분한 실적이 되지만, 노형진이 말한 건수도 절대 작은 게 아니다.

아니, 인사고과로 치면 이쪽이 더 높다.

"하지만 그와 관련된 영장을 청구하려면 관련 사실을 입증해야 하는데요. 그런 게 있습니까?"

아무리 힘이 빠진 상대방이라고 해도 자신들의 탈세 기록을 남기려고 하지는 않을 것이다.

이미 조작을 했을 테고, 설사 하지 않았다고 해도 영장이 나오지 않게 힘쓸 것이다.

"입증을 해 줄 사람이 있지요, 후후후."

노형진은 눈을 반짝거렸다.

⚖

"분유를 기증하신 거 맞죠?"

"네, 맞습니다."

노형진은 검사와 거래를 하고 바로 분유 회사를 찾아갔다.

'이미지가 좋은 회사지.'

분유는 기본적으로 고가에 속한다.

그래서 보육원은 가격을 낮추기 위해 분유 회사에서 직접 구입한다.

'그리고 그런 경우 분유 회사는 일정 부분을 기부하는 형식으로 처리하지.'

기부해서 세금도 낮추고 사회적 책임도 다한다는 전략이다.

가령 분유 백 개를 주문하면 기부로 백 개를 더 주는 식이다.

"그런데 그게 다 어디로 갔을까요?"

"글쎄요. 저도 그 소문은 들었습니다만."

분유 회사의 담당자는 눈을 찌푸렸다.

자신들이 분유를 공급하던 보육원에서 대단위 아동 학대가 벌어졌다.

그런데 그곳에는 분유를 먹어야 하는 애들도 있었다.

"그 보육원에서 빼돌린 양은 절대 적은 게 아니지요."

일반적으로 아이들이 분유를 먹는 시간 간격은 두 시간에서 세 시간 정도다.

최소 하루에 일고여덟 번은 먹여야 한다.

"하지만 그들은 아침과 점심 그리고 저녁, 마지막으로 자기 전에 한 번 먹였죠."

그렇게 네 번만 먹인 거다.

"절반의 분유가 사라진 거죠. 그 부분을 그대로 두고 보실 겁니까?"

분유 회사의 담당자는 얼굴을 일그러뜨리며 생각에 잠겼다.

"그걸 창고에 쌓아 두지는 않았겠지요."

"외부로 팔았다고 생각하십니까?"

"그거 말고 다른 방법이 있을까요?"

"그건 그러네요. 하긴, 창고에 쌓아 두고 썩게 만들지는 않았겠지요."

분유 한 통에 4만 원씩 한다.

백 개만 해도 400만 원이다.

이미 포대 갈이를 한 부분은 확정되어서 수사 중이라고 들었다.

그건 증언이 워낙 많으니까.

"하지만 분유를 먹는 애들이 증언을 하겠습니까, 아니면 신고를 하겠습니까?"

"씨발 놈의 새끼들."

담당자는 얼마 전 본 자신의 손주가 생각났다.

먹는 걸 보고만 있어도 배가 부르고, 눈에 넣어도 아프지 않을 것 같은 아이들.

그런 애들을 굶기고 분유를 팔아먹었다는 사실을 용납할 수가 없었다.

"거기에다 그놈들이 그걸 염가로 팔아먹으면 회사의 판매량에 차이가 심하겠지요."

"아!"

그는 아차 싶었다.

당연히 그들이 판 건 시중으로 돌 테고, 그걸 파는 놈들이 있으면 자신들이 정가로 파는 분유는 판매될 리 없다.

"잠시만요. 김 과장, 전에 그 보육원 지역 판매 기록 좀 가지고 와 봐."

다행히 지역별로 판매량을 집계해 둔 것이 있었다.

그가 그걸 받아 들고 살피자 노형진은 슬쩍 다른 서류를 내밀었다.

"이건?"

"그 지역의 어린이집 목록입니다. 비교해 보면 대충 수치가 나오지 않을까요?"

"감사합니다."

"별말씀을요."

노형진은 히죽 웃었다.

사실 분유 회사에서 지역별 판매량은 가지고 있겠지만 지역별로 아이들이 얼마나 사는지 정보는 없을 게 뻔했다.

그렇다고 집집마다 찾아다닐 수는 없는 노릇.

'하지만 어린이집 목록만 있으면 대충 수량은 맞출 수 있지.'

물론 라이벌 회사의 점유율 같은 것도 있겠지만 그건 비슷하게 드러나지, 일정 지역에서 자기네 판매량이 급감하지는 않는다.

"확실히 비슷한 지역에 비해 우리 분유의 판매량이 훨씬 적네요."

비슷한 규모의 지역보다 절반 또는 그 이하 정도의 판매량.

"아무리 라이벌 회사를 감안한다고 해도 이건 좀 과한데?"

담당자는 눈을 찌푸렸다.

일이 이쯤 되면 자신들이 기증한 분유가 외부로 흘러갔다고 생각될 수밖에 없다.

"아무래도 고발을 해 봐야겠습니다."

이런 건 그냥 넘어가면 안 된다.

한 곳에서 이러면 다른 곳에서 똑같은 짓을 저지를 수도 있는 일이니까.

"그러면 이쪽으로 연락 주시면 됩니다."

노형진은 미리 준비한 명함을 슬쩍 내밀었다.

"이건?"

"아는 검사님 연락처입니다. 세무 쪽으로 털 준비를 하고 계시니까 연락하시면 도와드릴 겁니다."

노형진은 살짝 웃었다.

그들에게는 세무조사를 할 핑계가 필요할 것이고 분유 회사는 충분히 그 핑계가 될 것이다.

고발이 들어가면 물건을 추적할 수밖에 없고, 물건을 추적하기 위해서는 서류를 들추어 볼 수밖에 없다.

'아 다르고 어 다른 게 법인지라 어쩔 수 없지.'

사람들은 영장이라고 하면 다 되는 줄 알지만 사실 영장의 한계는 뚜렷하다.

가령 수색영장의 경우 그 건물 안에서 발견된 건 확인할 수 있지만, 계좌를 열어 보거나 서류에 나온 걸 추적할 수는 없다.

그걸 위해서는 따로 영장을 청구해야 한다.

'물론 사건이 사건이니만큼 신청하면 다 나오겠지만.'

전에도 말했다시피 오광훈은 그런 전문적인 탈세와 세무조사를 할 능력이 안 된다.

그렇다고 그걸 그냥 넘어갈 수는 없는 노릇.

'원래 뼈다귀에 살이 붙어 있어야 사람들이 붙는 법이지.'

3개월 감봉을 취소하는 조건으로 사건을 넘겨준다고 하자 한자리 차지하고자 한 상대방은 그걸 받아들였다.

'사실 받아들일 수밖에 없지.'

저들은 어찌 되었건 원장의 청탁을 받아서 움직였다.

오광훈이 전담으로 조사하면 그게 드러날 수도 있다.

하지만 자신들이 낀 이상 원장의 입을 다물게 할 수 있다.

그러니 그들은 거절할 수가 없었던 것이다.

"영혼까지 털어 주십시오."

"걱정하지 마세요. 우리를 속인 게 있다면 모조리 털어 낼 겁니다."

담당자는 고개를 끄덕거렸고, 노형진은 자리에서 일어나면서 시계를 슬쩍 바라보았다.

"자, 그러면 다음은 기저귀 회사인가?"

⚖️

얼마 후 언론에서는 해당 조사의 결과가 나왔다.

−청우는 수십여 명으로부터 청탁을 받고 탈세를 조장했을 뿐만 아니라 외부에서 들어온 기부 물품을 유통하여 기부의 본질을 흐리고…….

청우에서 빼돌린 물품은 분유뿐만이 아니었다.

기저귀부터 학용품, 심지어 개인 기부자가 기부한 중고 물품들까지 인터넷 중고 시장을 통해 무차별적으로 팔아 재꼈다.

"와, 독한 새끼들."

오광훈은 뉴스를 보면서 혀를 끌끌 찼다.

얼굴을 푹 숙인 채로 경찰들에게 끌려 들어가는 김 원장의 모습은 처량하기 그지없었다.

"탈세범들이야 뭐 적지 않게 세금을 내겠지만."

노형진은 어깨를 으쓱했다.

검찰은 자신들의 과오를 덮기 위해 악착같이 털었다.

물론 그 과정에서 약간의 협상도 있었다.

"덕분에 청우의 위쪽은 난리가 났지."

한두 명이 잡혀 들어간 게 아니다.

"하지만 그래도 여전히 문제는 있어. 그놈들이 나오면 똑같은 짓거리를 한다는 거지."

"뭐? 그게 가능해?"

"애석하게도."

재단법인을 지배하는 것은 그 재단에 투자한 투자자들이다.

이번에 잡혀간 것은 재단의 운영자이지 투자자들이 아니니, 운영자가 풀려나면 다시 재단에서 힘쓸 수 있게 될 것이다.

"학교도 재단법인이 운영하지만 감옥에 갔다 와서 다시 같은 자리에 취임하잖아?"

실제로 그런 일이 있었다.

어떤 선생님이 학교 비리를 고발했는데 재단의 대응은 그의 해직이었고, 관련자들은 사건이 무마된 후에 다시 그 자리를 차지했다.

"그래서 내가 좀 손을 썼지."

"어떻게?"

"재단을 통째로 집어삼키려고."

시간이야 좀 걸리겠지만 어려운 일은 아니다.

안 그래도 지금 재단은 계속된 수사에 가격이 엄청나게 떨어졌다.

"그러니까 네가 이사진과 일반 직원들에 대해서도 조사를 해 줬으면 좋겠어. 그러면 가격이 더 떨어지겠지. 그때 내가 나서서 재단을 구입하고 정상화시켜야지."

"와, 그거 청탁 아니야?"

"그래서 하기 싫어?"

"내가 언제 하기 싫다고 했나? 나야 언제나 땡큐지."

안 그래도 이번 사건으로 그들에게 원한을 품게 된 오광훈이다.

그가 나서서 조사한다는 사실이 드러나면 너도나도 때려치울 테니, 껍데기만 남은 재단을 구입하는 것은 어려운 일이 아니다.

"일단 대리급 이상의 모든 직원에 대해 소환장을 발부하고 그들의 여죄를 추궁하면서……."

노형진이 설명을 시작하는 순간 누군가 슬쩍 고개를 내밀었다.

"무슨 일인가요?"

"아, 백자연 양이 찾아왔는데요?"

"네? 이 시간에요?"

시계를 보니 오후 2시다. 아직 학교에 있을 시간.

"아주 대놓고 땡땡이를 치는구나."

혀를 끌끌 차는 노형진.

그리고 오광훈은 안절부절못하기 시작했다.

"아니, 여기는 어떻게 알고?"

"검찰청에 갔더니 안 계신다고 여기로 오셨대요. 들어오라고 할까요?"

"여기에 없다고 하세요. 저는 여기에 없는 겁니다."

양손을 흔들며 부정하는 오광훈.

"어, 음⋯⋯."

노형진은 안절부절못하는 오광훈을 보면서 음험하게 씩 웃었다.

"안 돼⋯⋯. 제발⋯⋯."

"들어오라고 하세요."

"야, 이 배신자 새끼야!"

"으흐흐."

노형진은 당황하는 오광훈의 어깨에 손을 올리고 나지막하게 중얼거렸다.

"철컹철컹. 알지?"

"쌍놈의 새끼."

울상이 되어서 노형진을 바라볼 뿐, 지금 오광훈이 할 수 있는 건 아무것도 없었다.

"약이 돌고 있네."

"네?"

노형진은 자신을 찾아온 한만우의 말에 눈을 찌푸렸다.

'약'이 돌고 있다.

암흑계의 보스라는 그의 신분을 생각하면 그 약이 영양제
는 아닐 테니까.

"확실한 겁니까?"

"확실해."

"어떤 거요?"

"얼음, 아니 필로폰이라고 해야 알겠군. 그리고 도리도
리…… 그러니까 엑스터시랑 그리고 물뽕."

노형진의 얼굴이 사정없이 일그러졌다.

"그게 사실입니까?"

"그래, 우리 구역 내에서 돌기 시작한 거야. 우리도 얼마 전에 알았네."

"젠장."

한만우의 조직은 이제 완벽한 하나의 기업으로 환골탈태했다.

지금은 각 지역의 공연을 전문으로 하는 회사로서 안정적인 운영을 하고 있다.

"예상을 했어야 했어."

"무슨 예상요?"

"젊음이 있는 곳 아닌가?"

젊음이 있는 곳에는 술이 있고, 술이 있는 곳에는 방종이 있다.

"그런 곳은 아차 싶으면 약이 돌아."

동네에서 마약이 도는 경우는 드물다.

하지만 청년들이 정신 줄을 놓고 노는 곳에서는 그런 경우가 제법 많다.

"그렇겠네요."

노형진이 만든 지역별 음악 축제.

각 지역별로 가수가 활동하며 지역 기반으로 인기를 얻어가는 전략.

그게 유흥가를 활성화시킴과 동시에 그곳에 파리가 꼬이기 시작했다.

"다른 폭력 조직이야 우리가 적당히 쳐 내면 되는데……."

진짜 조폭이었던 자들이다.

어중이떠중이들이 들어와서 양아치 짓거리를 하려고 한 적도 있지만, 진짜 조폭 출신이고 사실상 이제 기업의 탈을 쓰고 전국구로 활동하는 한만우의 조직을 건드리는 건 무리였다.

"하지만 약은 좀 다르죠."

그들은 조용히 약만 팔고 수익을 빨아먹는다.

그리고 그 피해는 한만우의 조직, 아니 회사에서 입는다.

"안양을 비롯한 서울 경기 쪽에서 연달아 강간 사건이 터지고 있어. 물뽕을 이용한 모양이더군."

"물뽕이라……."

속칭 데이트 강간 약이라고 불리는 물뽕, 즉 GHB는 몰래 술이나 음료수에 타서 상대방을 무력화시켜 강간할 때 쓰는 약이다.

"망할 새끼들. 누군지는 찾아냈습니까?"

"그랬으면 자네를 찾아오지 않았겠지. 철저하게 꼬리를 감추고 있어."

음악을 즐기는 공간은 흥이 날 수밖에 없고, 그러한 젊음을 즐기기 위해 청년들이 모일 수밖에 없다.

"그중에서 여자들을 노리는 모양이군요."

"그러겠지."

"신고는 하신 겁니까?"

"했네. 하지만 현실적으로 효과가 없지."

"무슨 뜻인지 알겠습니다."

아마도 효과가 없는 이유는 두 가지 때문일 것이다.

첫째는, 경찰이 마약 거래 현장을 잡는 게 쉽지 않다는 것이다.

그쪽을 꽉 잡고 있는 한만우조차도 누군지 모르는 상태인데 경찰이 누군지 특정했을 가능성은 낮다.

두 번째 이유는, 경찰이라는 조직이 큰 거 한 방을 노리는 성향이 크다는 거다.

특히 마약 사건은 마약을 하는 약쟁이 하나를 잡는 게 아니라 최소한 그걸 유통하는 판매업자나 밀수업자를 찾으려고 할 게 뻔했다.

"그 과정에서 보통 일반 중독자들은 모른 척하는 성향이 있지요."

어차피 그들을 잡는 건 나중에 해도 문제가 안 되니까.

"필로폰이나 엑스터시는 둘째 치더라도, 물뽕은 좀 심각한데요."

"그런 걸 신경 쓰면 얼마나 좋겠는가?"

"하긴, 그렇겠네요."

필로폰이나 엑스터시는 보통 직접 취하는 약이다.

자기 자신의 쾌락을 위해 말이다.

하지만 물뽕은 좀 다르다.

애초에 데이트 강간 약이라고 불리는 데에는 다 이유가 있다.

"강간 피해자가 계속 발생하는데 추적하지 않고 있다고요?"

"하고야 있겠지. 하지만 누군지 모르니까 방치하는 거겠지. 큰 건 아닌가."

한꺼번에 필로폰과 엑스터시 그리고 물뽕을 대량으로 유통하는 작자들이다.

절대 작은 규모의 조직은 아닐 것이다.

개인이 감당할 수 있는 양이 아니다.

"우리 쪽에서 잡아 달라고 몇 번 찾아갔는데 아직 특정을 못 했다고만 하더군."

"판매자도요?"

"그래."

"망할."

물론 쉽지는 않다.

판매 자체도 입소문으로 할 테고, CCTV나 카메라가 있는 곳은 절대 이용하지 않을 테니까.

"우리 쪽 애들을 총동원해서 추적하고는 있는데 쉽지 않아. 어떤 조직인지 모르지만."

노형진은 턱을 슥 문질렀다.

'이러면 곤란한데.'

현실적으로 노형진이 만든 유흥가를 이끄는 것은 젊은 여성이라고 볼 수 있다.

젊은 여성의 소비력이 제일 좋은 데다가, 그런 곳에서 젊은 여성을 꼬시기 위해 남자들이 많이 오니까.

거기에다 음악에 열광하는 사람들 역시 젊은 여성이다.

연예 기획사들이 걸 그룹보다는 보이 그룹에 집중하는 이유가 그거다.

훨씬 돈이 되니까.

걸 그룹은 범용성이 뛰어나지만 정착이 힘들다.

그에 반해 보이 그룹은 범용성은 떨어지지만 안정적인 정착을 하기 쉽다.

"하지만 그런 소문이 돌면 그 지역 상권은 작살날 텐데요."

어떤 여자가 강간범들이 득실대는 상권으로 놀러 가겠는가?

물론 지금이야 초기라고 하지만, 이런 소문이 계속되면 지역에 치명적인 타격이 올 수밖에 없다.

'그리고 그건 현재 만들어진 인터넷 홍보 시스템에 심각한 타격이 될 거야.'

마약의 문제도 문제지만 이걸 그냥 넘어갈 수는 없는 노릇이다.

"그 조직이라는 게……."

노형진은 잠깐 눈을 찌푸리다가 작게 중얼거렸다.

"일본 아니면 중국 쪽이겠네요."

"뭐? 아니, 그걸 어떻게 아는가?"

'그거야 회귀 전에는 이런 일이 없었으니까.'

물론 회귀 전에는 이런 홍보 시스템도 없었지만 말이다.

하지만 홍보 시스템이 없다고 해도 경찰은 자기 업무를 제대로 했다.

그들이 큰 건을 노린다고 해도 마약 사범을 아예 잡지 않는 건 아니다.

이렇게 대규모 공급을 할 수 있는 놈이 갑자기 튀어나올 수는 없다.

'실질적으로 한만우의 조직 말고는 전국구 조직은 없다고 봐야 하고.'

물론 한만우처럼 양성화된 조직이 없는 것은 아니지만, 양성화까지 마친 조직이 위험부담을 무릅쓰고 대단위 마약 공급을 할 이유는 없다.

"그리고 경찰이 욕먹기는 하지만 한국의 마약 수사력은 절대 만만하지 않습니다."

경찰이 윗선만 잡으려고 하는 게 욕먹을 짓이기는 하지만, 현실적으로 그렇게 한번 박멸하고 나면 장기적으로는 마약 자체가 쉽게 돌지 않는다.

"마약 청정국 지위가 땅따먹기로 따먹은 건 아니지요."

"그 말은?"

"경찰에게 아마 이 정도 일을 저지를 수 있는 능력을 가진 조직의 계보는 있을 겁니다. 마약 자체가 고가인 만큼, 그 정도 자금을 융통할 수 있는 조직은 흔하지 않거든요."

"그게 무슨 뜻인가?"

"한만우 씨의 생각과 다르게 경찰은 안 잡고 있는 게 아니라 못 잡고 있는 거라는 거죠."

아예 손 놓고 있는 것도 아닐 텐데 잡을 수 있는 것조차 잡지 않는다는 것은…….

"그건 못 잡는 겁니다. 그리고 그 정도 자금력과 인력을 동원하는데도 불구하고 경찰의 시선에서 벗어날 수 있는 조직이라……. 저는 중국 쪽 아니면 일본 쪽 말고는 생각이 안 나네요."

"끄응…… 그런가?"

"네. 경찰과 사이가 안 좋은 걸 알기는 하지만, 그들이 무조건 안 잡는 건 아닙니다."

노형진은 의자에 기대앉으면서 나지막하게 중얼거렸다.

"거기에다가 한 사장님의 정보력 역시 만만한 게 아닐 텐데요? 이쪽 계통에서 한 사장님에게 척지면서까지 비밀을 감출 만한 놈이 있던가요?"

"없지."

"그러면 자금이 유통된 흔적이라도 찾으셨습니까?"

"그건…… 없군."

마약을 유통하는 조직이 생기면 가장 먼저 흔들리는 것은 뒤쪽 세계의 자금 흐름이다.

그럴 수밖에 없는 게 최소 수십억, 많게는 수백억 단위로 거래가 왔다 갔다 하다 보니 어지간한 조직에서는 빚을 안 낼 수가 없기 때문이다.

"그런 소리는 못 들었어."

"현재 한만우 사장님이 말씀하신 규모로 봐서는 못해도 100억대 이상의 거래가 있어야 하는데, 그 정도 거래를 할 수 있는 규모의 조직이 한국에 몇 곳이나 됩니까?"

"한…… 스무 곳 정도 되지."

"그중에서 한 사장님 구역에 손댈 만한 곳이 있나요?"

"없지는 않지만……."

머릿속에 몇몇 조직이 스치고 지나갔지만 한만우는 이내 고개를 흔들었다.

"노릴 수는 있겠지. 하지만 섣불리 마약부터 뿌릴 놈들은 아니야. 도리어 우리가 역습하면 자기들이 마약으로 뒤통수를 맞을 테니까."

짭새니 뭐니 하고 경찰을 싫어하기는 하지만 그나마 경찰과 친하고, 뒤쪽 세계에서 일이 터지면 대신 처리해 주는 게 한만우다.

그런 만큼 한만우에게 엿을 먹이겠다고 그의 구역에 약을 뿌리면 경찰이 나서서 박멸해 버릴 가능성도 분명 존재한다.

"확실히 마약을 거래하는 조직이 없는 건 아니지만 말이지."

노형진의 말을 듣고 나서야 한만우는 자신이 뭘 잘못 생각했는지 알아차렸다.

"한국 조직만 의심했군."

"일본과 중국의 조직이 한국에 들어오려고 발악한다는 건 이미 널리 알려진 사실이죠."

노형진은 심각한 표정으로 말했다.

"이 건에 대해 알 만한 사람이 있으니까 그에게 물어보죠."

"누구?"

"검사입니다. 그가 물어보면 아무리 경찰이라고 해도 섣불리 거짓말은 하지 못할 겁니다."

노형진은 전화기를 들면서 말했다.

⚖️

"모른다는데."

오광훈은 퇴근 후 노형진을 찾아와서 말했다.

"생각보다 쉽게 알아냈네?"

"담당 검사가 은근히 나한테 기대하는 눈치더라."

"누군데?"

"그 사람 기억나냐? 나 들어갔을 때 나 붙잡고 꺼이꺼이 울던 여자 검사."

"아, 그 여자분. 그런데 혹시……?"

"아냐! 아냐! 깔끔하게 정리했어. 진짜야."

"그래? 그러면 다행이고. 그렇지만 그래도 철컹철컹 조심해라."

"이 새끼가 날 놀리려고 불렀나?"

조금씩 법에 대해 알아 간다고 어느새 개기기 시작하는 오광훈.

하지만 노형진은 그에게 한참 멀었다고 이야기해 주고 싶었다.

"어디 보자…… 자연이한테 오늘 저녁이나 같이 먹자고 해 볼까? 너의 화려한 과거의 여성 편력에 대해서 얘기도 할 겸. 아, 그러고 보니 집에 있던 팬티는 버렸냐?"

"야, 이 씹…… 미안, 미안…… 잘못했습니다."

합장하고 싹싹 비는 오광훈을 보면서 노형진은 피식 웃었다.

"잡설은 여기까지 하자고. 그래서, 추적해 본 건 없대?"

"나름 조사도 하고 마약 수사 경험이 많은 선배님한테 부탁도 해 보고 그랬는데, 어디서 흘러들어 왔는지 감을 잡을 수가 없단다."

"의심스러운 조직은?"

"몇 곳 있는데, 대부분의 조직은 의심일 뿐이야. 그리고 내 경험상 말이지, 이 정도 금액으로 갑자기 성장하면서 약을 뿌리려면 돈이 문제가 아니야."

"응? 그게 무슨 말이야?"

"이 정도 약을 비행기로 가지고 올 수는 없잖아. 최소한 직배가 가능한 공급 라인이 있어야 한다는 거야."

오광훈은 살아나기 전에는 한 지역을 이끄는 조폭이었다.

그의 정책에 반해 마약을 취급하려던 조직원들에게 당해서 죽은.

노형진은 문득 그 생각을 하다가 눈을 찌푸렸다.

갑자기 불안한 느낌이 들었기 때문이다.

"그러고 보니까 네가 돌아온 후에 너 죽인 새끼들에 대해 알아본 적 있냐?"

"없겠냐? 전에 말했잖아, 한만우가 들어오면서 싹 쓸렸다고."

그가 죽은 후 그를 죽인 놈들이 마약을 취급하기 시작했으나, 얼마 지나지 않아서 한만우가 들어와 그 지역에서 공연장 사업을 시작하면서 싹 쓸렸다고 들었다.

"그래서 묻는 거야."

노형진이 한만우를 개인적으로 알기에 하는 말이었다.

'한만우는 선을 넘은 놈은 안 써.'

스스로 조폭이고 오광훈과 연이 없기는 했지만, 어찌 되었건 그에게도 선이라는 게 있다.

그리고 한만우는 인간은 절대 고쳐 쓰는 게 아니라고 생각하는 타입 중 하나다.

"그때 쓸린 조직원들은 한만우에게 흡수당했지?"

"그랬지."

오광훈은 순순히 고개를 끄덕거렸다.

거기까지 알고 복수를 포기했으니까.

"다 흡수한 건 아닐 거 아냐?"

"무슨 소리야?"

"어떤 조직이든 상위 1%가 조직을 이끌지."

하위 99%는 그 상위 1%를 따라간다.

그건 어떤 조직이든 마찬가지다.

인간의 특성상 100% 평등한 조직이라는 것은 있을 수 없다.

심지어 권리 자체는 평등한 협동조합의 형태도, 일부가 공격적으로 의견을 개진하면 나머지 사람들이 그걸 따라가는 형태를 취하기 마련이다.

"마약을 취급하려고 너까지 죽인 놈들이야. 내가 한만우 씨를 개인적으로 알거든. 사실 이번 사건의 의뢰인도 한만우 씨고 말이야. 그런데 그 사람은 그런 놈은 같은 인간으로 취급도 안 해. 그런 사람이라면 약을 취급했다는 걸 모르지는 않을 테고, 자기 조직에서 받아 줬을 가능성은 없는데."

"어? 뭐?"

오광훈의 얼굴에 살짝 분노가 떠올랐다.

그 말은 자신을 죽인 진짜 주범들, 그러니까 믿었던 배신 자들이 조직에서 나와서 자기 길을 찾아갔다는 것 아닌가?

"그놈들이라면 이미 마약을 다뤄 봤으니 라인이 살아 있는 거 아니야?"

그리고 그들의 조직이 사라졌으니 경찰의 감시 대상에서 빠졌을 수도 있다.

물론 개개인은 들어가 있겠지만.

'그게 문제야.'

개개인이니까 경찰의 의심을 피하기 쉽다.

아무리 봐도 마약상 개개인을 모조리 감시하기에는, 경찰의 인력이 턱없이 부족하다.

애초에 이 정도 규모를 개개인이 취급할 수준은 아니기도 하고 말이다.

'만일 그놈들이 살아 있다면?'

그리고 다른 조직에 들어갔다면?

"니미 씨발, 그 개자식들……."

이를 빠드득 가는 오광훈.

복수를 포기했다는 것이 즉 용서했다는 뜻은 아니다.

다만 한번 죽다 살았기에, 내세라는 게 있다는 걸 간접적으로나마 느껴서 마음을 접었을 뿐이다.

"그 새끼들이 어디서 약을 취급하려고 했는데? 갑자기 '형님, 우리 약 취급합시다.'라고 하지는 않았을 거 아냐."

그런 경우는 드물다.

위에서 결정해서 라인을 알아보라고 하는 경우가 아니라면 말이다.

보통 이런 말을 하는 경우는 누군가 외부에서 그들을 자극해서 들고일어나게 하는 경우라고 볼 수 있다.

"누군가 그들에게 약을 공급해 주겠다고, 취급해 볼 생각 있느냐고 이야기했을 거 아냐."

"그거 기억이 가물가물한데 아마…… 중국 쪽일 거야."

"중국 쪽?"

"그래."

노형진은 턱을 스윽 문질렀다.

"지금 상황이랑, 무척이나 공교롭지 않아?"

"씨발."

"정확하게 기억나는 거 있어?"

"없지."

그 이야기를 듣자마자 말 그대로 개 패듯이 패 버렸으니까.

"간략하게 기억나는 것만 말하자면……."

중국 쪽에서 라인이 들어왔는데, 절대 걸리지 않을 자신이 있다. 그걸 통하면 우리도 큰돈을 벌 수 있다.

뭐, 그런 이야기였다.

"절대 안 걸리는 라인?"

"그래."

"끄응…… 망할 놈들. 또 길을 찾아냈나 보군."

정부에서는 기를 쓰고 마약을 막으려고 하지만 그들은 어떻게 해서든 길을 찾아내려고 한다.

"하긴, 마약이 막고 싶다고 해서 막을 수 있는 게 아니니."

중국 같은 경우는 아편전쟁의 경험 때문인지 마약에 관해서는 가혹하게 처벌한다.

50그램 이하의 마약을 가지고 있다면 그나마 선처를 해 주지만 그 이상이면 중형을 면치 못하고, 1킬로그램 이상이면 무조건 사형을 시킨다.

그럼에도 불구하고 중국의 마약 소비는 어마어마하다.

"그놈들이 진짜 방법을 찾은 모양인데."

노형진은 턱을 문지르면서 심각한 표정이 되었다.

"그놈들이 어디로 갔는지는 당연히 모르겠지?"

"모르지. 와해된 이후로는 전혀 신경 쓰지 않았으니까."

"조직원들 중에서 의심스러운 놈들 이름 좀 적어 봐."

"어쩌려고?"

"개인적으로 한만우 씨를 알고 있다니까. 그 이후에 어떻게 된 건지 알아봐야겠어."

노형진은 사태가 심각하게 변할 것 같다는 느낌을 버릴 수가 없었다.

⚖

"자네가 알려 준 여섯 명에 대해 알아봤는데 말이지."

한만우는 노형진에게 받은 이름을 알아보라고 했고, 얼마

지나지 않아서 그들이 속한 곳을 알아냈다.

"한 명 빼고는 우리 소속이 아니야. 질이 안 좋더군."

"질이 안 좋다니요?"

"다섯 놈은 약을 취급하던 놈이야."

"한 명은요?"

"나왔다고 하더군. 지금은 주류 공급 관리를 하고 있네."

"나왔다고요?"

"그래, 이 홍성량이라는 사람이야."

오광훈의 말에 따르면 그는 약을 함께 취급하자는 사람들 사이에서 방향을 못 잡았다고 한다.

"그런데 왜 쫓겨났답니까?"

"보스가 죽고 난 후 아차 싶었다고 하더군."

"무슨 뜻인지 알겠습니다."

오광훈도 그가 갈피를 못 잡고 이리저리 휘둘렸다고 했다.

아마도 그런 사람이라면 욕심은 많지만 겁이 많은 성격일 것이다.

조폭이라고 해서 모두 다 겁이 없는 건 아니다.

다만 가면을 쓰고 있는 것일 뿐.

'그러다가 마약 관련해서 보스가 죽자 아차 싶었겠지.'

하위 조직원이야 그저 사고로 죽었다는 말에 별 의심 없이 넘어갔을 테지만, 그는 아닐 것이다.

오광훈의 말로는 마지막 날 같이 술을 마신 여섯 명 중 한 명이라고 했으니까.

'그리고 공교롭게도 그날 저녁에 보스가 사고로 죽었다.'

바보가 아닌 이상에야 그게 무슨 뜻인지 모르지는 않았을 테고, 겁이 많은 사람이라면 마약이 엮이면 무슨 일이 벌어지는지 알아차렸을 것이다.

'그래서 손을 털었군.'

대충 그림이 그려졌다.

"혹시 그 사람을 만나 볼 수 있을까요?"

"안 그래도 그 사람을 데리고 왔네."

한만우가 전화를 걸자 잠시 후 상당히 마른 사람이 들어왔는데, 그의 눈동자는 격하게 흔들리고 있었다.

"이쪽은 노형진 변호사다. 우리를 돕고 있지. 자네에게 물어볼 게 있다고 하더군."

"알겠습니다, 사장님."

홍성량은 대담하게 행동하려고 노력하고 있었지만 흔들리는 눈빛은 감추지 못했다.

'대충 봐도 겁이 많은 타입이야.'

아마 원래 이 정도는 아니었을 것이다.

하지만 실제로 살인까지 벌어졌으니 극도로 경계하는 것이겠지.

"몇 가지 확인할 게 있어서 부탁드렸습니다. 위해를 가하려고 하는 건 아니니 걱정하지 마십시오."

이것이 법이다

"네."

"전에 모시던 보스가 윤태우 씨 맞나요?"

"맞습니다만."

미심쩍은 얼굴로 바라보는 홍성량.

"그분이 마약 취급을 반대하다가 살해당한 걸로 의심되는 상황이죠?"

"그걸 어떻게!"

자신도 모르게 벌떡 일어나는 홍성량.

옆에 있던 한만우가 근엄하게 그를 진정시켰다.

"그 정도 정보는 얻을 수 있는 사람이다. 내가 아무나랑 일할 것 같나? 자리에 앉아."

"네…… 사장님."

홍성량은 침을 꿀꺽 삼키면서 자리에 앉았다.

"그분에 대한 살인도 조사해야겠지만, 이미 들으셨겠지만 마약에 대해 조사를 하고 있습니다. 그런데 그걸 공급받는 라인이 애매하단 말이지요."

"그건 그런데요."

"그래서 묻는 겁니다. 전 조직이 마약을 취급했다는 건 알고 있습니다. 그런데 조직이 와해된 후에 그걸 취급하게 공급 라인을 조정했던 놈들은 정작 사라졌단 말이죠. 그에 대해 아는 게 있습니까?"

홍성량은 잠깐 눈을 데굴데굴 굴렸다.

하지만 이내 긴 한숨과 함께 자신이 아는 것을 이야기하기 시작했다.

이제는 그 세계에서 털어 내고 싶은 이야기였으니까.

"윤태우 형님은 결코 선은 넘지 않으시던 분이었습니다. 그런데 곽주태 놈들이 마약 이야기를 꺼냈습니다."

"놈들?"

"네."

전 조직의 리더급은 총 여섯 명.

그리고 그들 위에 윤태우가 있었다고 한다.

그리고 곽주태와 두 명이 친했다고 한다.

"그런데 그 곽주태와 친한 놈들이 갑자기 마약 이야기를 꺼냈습니다. 당연히 형님은 엄청나게 화를 내셨죠."

진짜 개 패듯이 패고는 그 이야기가 쏙 들어간 줄 알았다고 한다.

"그런데 저를 포섭하러 왔더군요."

나중에 알고 보니 자신을 제외한 두 명은 이미 포섭되어 있었다고 한다.

돈에 눈이 먼 것이다.

자신도 같이하자니 양심에 걸리고, 겁이 나서 안 하자니 그들이 제시한 돈이 절대 작은 게 아니라서 심각하게 고민했다고 한다.

"얼마나 제시하던가요?"

"일단 5억을 제시하더군요."

"일단 5억요?"

노형진의 눈이 저절로 찡그러졌다.

'일단 5억? 여섯 명이면 30억, 단순히 조직 하나 포섭해서 공급 라인을 만드는 데 들어가는 비용으로는 너무 과한데? 역시나 한국 조직은 아니야. 한국 조직 중에 그 정도 자금력을 가지고 있는 곳은 드물어.'

설사 있다고 해도 그 돈으로 자기 조직원을 이용하지, 윤태우의 조직원을 포섭하려고 하지는 않았을 것이다.

"고민하고 있는데…… 그 일이 일어났습니다. 술을 마시고 돌아가다가 사고로 돌아가셨다고 하더군요."

"믿습니까?"

"그럴 리가요. 그랬으면 장례식을 치렀겠지요."

"그 말은?"

"장례식 안 치렀습니다."

천애 고아인 윤태우였다.

아무리 조폭이라고 하지만 그래도 보스였던 사람이다.

"최소한의 장례식도 안 치르더군요. 저는 그제야 아차 싶었습니다."

마약을 취급하게 되면 그때부터는 사람 목숨은 파리 목숨이 되어 버린다.

"저는 사실 마음이 좀 약한 편입니다. 조폭으로는 실격이지요. 그런데 마약이 엮이게 된다면…….”

아마도 가장 먼저 정리되는 사람들 중 한 명일 것이다.

그리고 그 정리는, 조용한 은퇴와는 거리가 먼 일이 될 테
고 말이다.

“그래서 도망쳐 나왔습니다. 바로 은퇴한다고, 강원도로
도망쳤지요.”

그랬다가 그들이 사라진 후에 한만우가 지역을 평정하고
나서 돌아왔다고 한다.

“그래도 쉽게 들어오셨네요?”

“인맥 덕분이죠.”

윤태우는 홍성량이 마음이 약한 것을 알고 협박이나 자릿세
를 뜯는 데 동원하는 대신에 주류 공급 쪽을 맡겼다고 한다.

그건 그냥 배달만 하면 되니까.

“그래서 클럽 업주들이랑 안면이 있었거든요.”

“그래, 대부분 이 사람을 알더군. 새로 영업을 시작하는
입장에서는 다리를 놔줄 사람이 필요했으니까.”

“무슨 뜻인지 알겠습니다.”

노형진은 그들에 대해 대충 알 것 같았다.

‘미처 자리를 잡기도 전에 한만우가 그들을 쓸어버렸어.
상대방에 공급하던 쪽은 곤란했겠지.’

먼저 접촉했다.

그건 그들이 한국의 조폭 계보에 대해 조사를 했다는 의미다.

'그러면 한만우가 양성화를 선택하고 경찰과 친하며 마약을 극도로 혐오한다는 걸 알고 있다고 봐야 해.'

노형진은 계속 생각에 빠졌다.

'그러면 섣불리 싸울 수는 없겠지.'

어차피 유리한 것은 한만우다.

그들의 존재가 어디이든 간에, 무력 투사를 하기에는 한계가 있다.

'한국이 병신은 아니니까.'

중국 삼합회에서 한국을 노리지만, 경찰이 그걸 바라보고만 있을 리 없다.

만일 한만우와 싸우자고 조직원을 무차별적으로 투입하면 사실상 한국 정부와 전면전을 하는 꼴이 될 것이다.

'일단은 후퇴.'

그게 정상적인 판단이다.

"그 후에는요? 조직이 사라진 후에 들은 소식은 있습니까?"

"같이 일하던 조직원 중 일부를 만났습니다. 하지만 딱히 들은 소식은 없습니다."

"다른 사람과 일했던 기억은요?"

"몇몇 조직원들이, 중국 사람들이 사무실에 찾아온 걸 기억하더군요."

'역시나.'

의심이 확신이 되는 순간이었다.

'일을 주도한 놈은 곽주태. 곽씨라⋯⋯. 어쩌면 중국계 성씨일 수도 있겠어.'

한국과 중국은 비슷한 성씨가 많다.

그중에서 곽씨는 한국과 중국 양쪽에 다 있는 성씨다.

그 말은 그가 중국계일 가능성도 존재한다는 의미다.

그러면 그들과 접점이 만들어진 게 자연스러워진다.

'그건 중요한 게 아니지.'

중요한 건 그들이 과연 어디로 갔는가이다.

"그 이후에 소식은 없나요?"

"저도 잘⋯⋯."

홍성량은 고개를 흔들었다.

아는 게 있으면 좋겠지만, 그에 대해 딱히 기억하는 조직원들은 없었다.

아니, 보이지도 않는 사람을 찾는 사람은 없었다.

그 시절보다 지금이 훨씬 나으니까.

"그 부분은 내가 알고 있네."

"네?"

"곽주태라고 했나? 그 이름, 자네가 알려 준 이름 아닌가?"

"그렇지요."

가장 의심스러운 놈. 마약 공급을 하는 놈이다.

"좀 알아봤는데 재미있더군."

"뭐가요?"

"홍와라는 곳에서 일하는 모양이야. 부장인가 그렇더군."

"홍와요?"

"뭐, 큰 회사는 아니고, 이런저런 수입 물품을 판매하는 회사야."

"은퇴한 건가요?"

"글쎄, 그건 아닌 것 같네. 자네 이야기를 듣다 보니 대충 상황이 그려지거든."

한만우는 나지막하게 이야기하며 말했다.

"홍와라는 곳. 중국계 회사네. 중국에서 잡동사니를 사다 파는 곳이지. 왠지 냄새가 나지 않나?"

노형진은 눈을 찌푸렸다.

"아주 냄새가 나네요. 그것도 심한 냄새가."

그리고 이제부터 그 냄새를 추적할 시간이었다.

다음 권으로 이어집니다

꿈의 도약, 로크에서 하십시오
(주)로크미디어에서 신인 작가를 모십니다

즐거운 세상, 로크미디어는 꿈을 사랑하고 도전을 두려워하지 않는 작가 분들의 참신한 작품을 기다리고 있습니다. 21세기 장르 문학계를 이끌어 갈 차세대 선두 주자 (주)로크미디어에서 여러분의 나래를 활짝 펴 보시길 바랍니다.

모집 분야 판타지와 무협을 포함한 장르 문학
모집 대상 아마추어 작가, 인터넷 작가
모집 기한 수시 모집
  작품 접수 시 유의 사항
    1. 파일명은 작가명_작품명.hwp형식을 갖춰 주십시오.
    1. 파일에 들어갈 내용은 다음과 같습니다.
      ─ 성명(필명인 경우 실명을 밝혀 주세요), 연락처, 이메일 주소
      ─ 제목, 기획 의도
      ─ A4용지 1장 분량의 등장인물 소개
      ─ A4용지 2장 분량의 전체 줄거리
      ─ 본문
    1. 작품이 인터넷에 연재되고 있다면, 게시판명과 사이트의 구체적이고 정확한 주소를 기재해 주십시오.

선택된 작품은 정식 계약 후 출판물로 간행되어 전국 서점에 유통됩니다.
작가 분은 (주)로크미디어의 전폭적인 지원하에 전속 작가로 활동하시게 됩니다.
※ 자세한 내용은 로크미디어 홈페이지(rokmedia.com)를 참조하세요.

(03920)서울시 마포구 성암로 330 DMC첨단산업센터 3층 318호
(주)로크미디어 편집부 신간 기획 담당자 앞
전화 : 02 ─ 3273 ─ 5135
www.rokmedia.com   이메일 : rokmedia@empas.com

음악의 신들과 함께한다

이한성 현대 판타지 장편소설

ROK MEDIA
로크미디어

못 나가던(?) 싱어송라이터 뮤지션의 정점에서 세상을 노래하다!

가망 없는 싱어송라이터의 꿈을 접고
영세 엔터테인먼트의 사장이 된 한지혁,
소속 가수를 구하려다 사망……
눈떠 보니 과거로 돌아왔다?

음악의 신들이 당신의 뒤에서 웃음 짓습니다

귀 밝은 악성, '들리지 않는 예술가'
전설의 기타리스트, '여섯 현의 마술사'
록밴드의 신화, '또 하나의 여왕'
매력 넘치는 신들과 함께라면 어떤 장르든 OK!

건드리는 음악마다 히트, 또 히트!
만능 엔터테이너 한지혁의 짜릿한 성공기!

哲宗 철종

강동호 대체역사 소설

『효종』『대망』의 작가, 강동호!
미래의 지식으로 군림할 **철종**과 돌아오다!

4년 차 역사학 시간강사 태수
전임 교수 임명에 제외된 날 트럭에 치였는데
정신을 차리니 철종이 되었다?

세계열강이 아시아를 욕심내는 1850년대
조선을 지키기도 벅찬 마당에
국정 농단으로 나라를 좀먹는 세도정치와
온갖 패악을 부리는 서원까지……

내탕금을 털어 키운 정보 조직을 이용해
내부의 적은 때려잡고
화폐개혁과 군사제도 역시 개편해
전쟁의 역사에 맞서 조선의 운명을 뒤바꾼다!

예정된 혼돈의 시대
시간을 기스른 철종, 진정한 군주가 되어
조선을 지키고 세상을 가질 것이다!